運用邏輯和即興力，令你的演說無人能敵

聲勢！

PRESENTATION SKILLS

戰勝演講中的挑戰，從緊張到掌控，
成為每個場合的高手

湯金燕 著

樂律

面對演講時的緊張與恐懼，並非無解的題目

- - - - - - - - - - - - - - - - - - - -

從自信心的建立到演講技巧的精進
學會如何有效地與臺下聽眾建立連結
提升表達能力
讓你在任何場合都能侃侃而談

目錄

目錄

目錄

推薦序
掌握演講力，說出影響力

　　世界著名投資家巴菲特曾說：「有一種技能你必須學會，不管你喜歡與否，那就是輕鬆自如地進行公眾演講，這是一種財富，將伴隨你五六十年；如果你不喜歡，你的損失也是五六十年。」足以可見，演講能力的重要性。

　　在這個時代，演講力就是影響力，有人特別擅長用語言表達自己的思想，這種能力在幫助他們創造價值的同時，也在影響著社會。但遺憾的是，也有很多人不具備這種能力，以至於錯失人生中無數次機會，甚至是改變命運的重大良機。

　　所以，當我接到金燕老師的電話，希望我為她的新書作序時，我十分高興。2017 年，我們在上海相識，金燕老師讓我留下了深刻的印象。這麼多年來，雖然彼此忙碌，但是我一直關注著金燕老師的成長，看到了她對演講培訓的熱愛，看到了她始終聚焦在演講領域的執著。因此，我很欣賞她在這個領域專注深耕的態度和創業路上這份堅持的韌勁。

推薦序　掌握演講力，說出影響力

　　這本書凝結了金燕老師十多年在演講領域的教學經驗，書中的技巧全面、細緻，透過十個法則為讀者提供了一套系統的演講方法，讓大家有跡可循踐行運用。書中內容實用、貼切，附有大量生動案例，金燕老師力求把每一個知識點講得通俗易懂，很多都是由她數年的實戰演講和培訓經歷總結而來。我相信你將透過這些「演講之術」，感悟到更加內在和更有深度的「演講之道」。

　　作為老師，我們都把幫助和改變他人作為自己的使命，我也堅信，不論你目前從事哪個產業，這本書都能幫助你快速提高演講能力，掌控人生中的每個關鍵時刻！

　　金燕老師是一位出色的演講導師，讓我們一起在金燕老師的帶領下，踏上這段演講的學習旅程，在路途上收穫新知，收穫一個更美好的人生。再次祝賀金燕老師新書出版，演講事業邁上一個新的臺階！讓我們繼續彼此鼓勵，彼此見證。

　　祝願每個人都能掌握演講力，說出影響力！

王琳

華商基業創始合作人

「結構性思維」課程研發者、培訓師導師和同名書作者

「榮耀時刻」課程研發者、培訓師導師和同名書作者

自序
你那麼優秀，怎麼能輸在演講上

　　2021 年 11 月 12 日晚，我和團隊忙碌著為首屆「勇敢 Talk」做最後的細節準備，離開酒店時，已經凌晨 1 點多。雖然連續一個多月繁重的籌備工作讓我的身體感到很疲憊，但內心卻是異常興奮和激動。

　　第二天，在「勇敢 Talk」隆重的舞臺上，迎來悉數登臺的 13 位分享者，他們來自不同的產業，有著不同的職業，是各領域優秀的菁英人士，但曾經也都是恐懼舞臺的人。而當天，面對現場上百人，他們勇敢地站上舞臺，那一刻，每個人都閃耀著光芒。演講中，他們以不同視角，傳遞著一個個有溫度、有思想的故事，高品質的分享深深震撼了現場的聽眾，他們用實際行動證明，從恐懼演講到自信表達，每個人都做得到！

　　在這一刻，我和團隊所有的辛苦付出，都值得了！

　　諾貝爾文學獎得主馬爾克斯（Gabriel García Márquez）在《活著為了講述》（*Living to Tell the Tale*）的扉頁上寫過

自序　你那麼優秀，怎麼能輸在演講上

這樣一句話：「生活不是我們活過的日子，而是我們記住的日子。」所以，2021 年 11 月 13 日，注定是我生命中值得銘記的日子，因為在這一天，首屆「勇敢 Talk」活動的舉辦，在傳遞演講價值的同時，也賦予更多人「我能學好演講」的信念和力量。

我是一名演講教練，正如我的名字「湯金燕」，多年來，我深耕在演講領域，一直都在致力幫助許多人在演講中「驚豔」全場。扎根在一線教學，讓我有機會聆聽到無數學員和演講之間的故事。

「我的業績很好，這個應徵的機會我想爭取，但是我不擅長演講，所以不敢參加，怕自己會失敗」，一位在職場中，兢兢業業工作了七年的學員向我訴說她內心的不甘和擔憂。

2018 年，她剛剛坐完月子就來到我們的課堂，她性格文靜內向，上臺說話的時候容易臉紅，聲音也很小。她在一家全國知名的連鎖教育公司工作，業績名列前茅，但是面對心儀的職位她始終無法鼓足勇氣參與應徵。第八年她不想再猶豫，系統學習演講後，她勇敢地報名參加，最後以高分脫穎而出，成功獲得職場躍遷。

在眾多職場學員中，她的經歷只是其中一個小小的縮影。他們中有的人因為演講不好，面對職場升遷的機會，不

敢爭取；有些人因為不善表達，即使工作勤懇，依然得不到重用；很多人因為缺乏口才，職場發展受阻。

「我創辦企業十幾年了，每年公司的尾牙宴和外面的一些大型活動，我從來不敢上臺致詞，講不好就太沒面子了」，一位踏實肯幹的企業老闆向我訴說他多年的困擾和遺憾。

2020 年，平時工作異常繁忙的他，放下所有的事務，專門從外地來到我們的課堂，他堅定地立下一個目標：今年的尾牙宴一定要上臺講話！經過針對性的學習，在年底尾牙宴上，經營企業十幾年的他，自信從容地上臺面對上百位員工，做了創業以來的第一次致詞。

在眾多企業老闆學員中，他的經歷只是其中一個小小的縮影。他們中很多人苦心經營企業多年，但是在企業擴大中需要他們登臺演講時，往往因為內心的畏懼產生了行動上的抗拒；或是因為演說能力不佳影響了企業的形象和銷售業績，以至於錯過許多對內凝聚人心，對外擴大企業影響力的機會；他們因為缺乏口才，導致企業發展受阻。

在這些故事裡，有遺憾的嘆息，有心中的不甘，有眼裡閃爍著的淚光。

每一位坐在我面前諮商的學員，他們並不是希望尋求能夠提升自己口才的捷徑，他們往往只是希望自己的口才和實際能力匹配，讓他人看見自己或企業真正的實力。他們在各

自的專業領域有著認真的態度和扎實的能力，但遇到會議發言、工作彙報、職位應徵、活動致詞、融資演說等公眾講話時，卻出現判若兩人的情況：臺下從容地侃侃而談，臺上緊張得語無倫次。這些本可以向主管、同事或客戶展現自己能力的重要時刻，本可以向員工或外界展現主管魅力和企業實力的時候，卻因為自身表達能力的欠缺，一次次影響了職業生涯的躍遷和阻礙了企業的發展。

面對演說能力不足，有的人選擇逃避，有的人選擇改變。選擇後者的人來到了我們的演說培訓課堂，讓我也有幸見證了他們的成長，作為老師，最大的成就感就是看到每一位學員的改變。

因此，在這個過程中，我最幸福的時刻，莫過於每次收到學員發來的喜訊。有的學員脫穎而出應徵成功，實現了職場的華麗轉身；有的學員出色的彙報分享，讓他們獲得了賞識和重視；有的學員參加演講比賽、講師比賽紛紛取得第一名的好成績，讓主管和同事都刮目相看；有的學員憑藉出色的口才，對內塑造了主管的魅力，對外彰顯了企業的實力，助推了企業的快速發展；有的學員在兒子婚禮的「父親致詞」環節中，沉穩自信，獲得幾百位賓客的交口稱譽，為婚禮增色添彩；有的學員甚至從此熱愛上舞臺，喜歡上表達，開始勇敢追尋自己的事業，為人生贏得了更多的可能……

看著越來越多的人因為演講改變命運，更堅定了我從事這份事業的決心，同時，也驅動著我不斷去探索和鑽研。過去，我在各大企業工作時，作為培訓管理者，授課足跡遍布全國各地，參加語言類比賽斬獲第一……一線實戰的磨練，精進著我的演講能力。2016 年，我成立口才機構，至今培訓了眾多學員，並受邀為知名企業授課及擔任演講比賽評委，一線教學經歷的累積，充實了我的口才授課技能，建構了更完善的口才教學體系；2017 年，我自主研發的課程「言值力量——打造高效商務演說」經過主管機關稽核，成功獲得版權登記證書；2020 年，我參與編寫的演講合集書正式出版；2021 年，我又開始著手創作你現在正在閱讀的這本書。這麼多年來，我始終堅守深耕在演說這條路上。

　　所以，如果說透過口才助力他人的人生，是我從事這份事業的初心和驅動力，那麼寫這本書則是來自一份使命，我希望將這麼多年一線演講培訓的實戰經驗進行系統的梳理總結，透過文字的形式，分享出去，幫助更多有需要的人。

　　水稻專家袁隆平院士曾說，「人就像一粒種子，要做一粒好種子」，我希望能寫一本書，一本好書。這也是我人生中獨立出版的第一本書，希望此書中的每個字都對你有啟發、有意義；希望這本書能讓大家有所受益，賦予你走上舞臺綻放的勇氣和智慧。

自序　你那麼優秀，怎麼能輸在演講上

　　也許此刻閱讀這本書的你，正因為不善表達，錯失了許多機會，因為不善表達，始終只是仰望他人在舞臺上散發光芒，而有真才實學、工作勤懇、努力認真的你，還依然默默坐在角落。但是，我相信，只要你願意勇敢向前邁出一步，就會有改變的機會，就能看到一個在舞臺上閃閃發光的自己！

　　這個時代，沒有發聲，就等於沒有發生。我們不僅要有實力，更要善於展示實力，讓他人看到你的價值。畢竟，你那麼優秀，怎麼能輸在演講上！

你的私人演講教練：湯金燕

寫於 2021 年 12 月 12 日

前言

十個法則，讓你成為演講表達高手

會演講的人，成功的機會比別人多兩倍。

出色的表達，總能獲得更多機會的垂青。

每個時代的紅利，都會向善於表達者傾斜。

演講的重要性不言而喻，出色的演講能拓寬你的人脈，倍增你的影響力。反之，不好的演說，也會快速暴露你的缺點，所以，學會當眾演講是當今社會每個人都需要掌握的技能。無論是在生活還是工作中，良好的演講表達能力都會為你加分不少，但是很多人對舞臺都充滿了恐懼，不知道從哪裡開始學起，所以學習一套行之有效的、系統的演講方法是非常有必要的。

這本書就是你學習演講路上的一份實用指南。不僅適合零基礎演講新手系統地掌握演講技能，也適合職場菁英、管理者、企業負責人等需要當眾講話的社會各界人士。書中，除了有系統的演講方法技巧，還有大量的例子、範例，供大家參考。所以，這是一本具有實作性和實用性的演講書籍。

前言 十個法則，讓你成為演講表達高手

　　從演講表達新手到演講表達高手，需要掌握哪些演講的能力呢？在這裡，我總結歸納為「十大法則」，分別是：自信法則、定位法則、邏輯法則、感染力法則、即興法則、控場法則、互動法則、臺風法則、聲音法則、場景法則。

　　如果大家根據我分享的方法刻意練習，相信你也能輕鬆從演講新手蛻變為表達高手。透過演講表達能力的提升，你將在各種表達場景中遊刃有餘地施展個人魅力，建立影響力。這種影響力，能幫助你找到更多的支持者、追隨者和合作夥伴。

　　這麼多年我一直深耕在演說事業上，作為一名演講教練，我輔導過眾多企業負責人、管理層，輔導過各產業的菁英人士，這些實戰經歷，讓我更深入地知道如何讓一個零基礎的人蛻變為善於表達的人，因此，我將把在一線累積的經驗傾囊相授，希望這本書，能幫助你們實現成功演講的目的。

　　著名作家柳青說，「人生的道路雖然漫長，但緊要處常常只有幾步」，在人生的關鍵時刻，演講是你事業和生活上的攔路虎、絆腳石，還是助推器，你是掌控還是失控？取決於你對它的駕馭能力。面對臺下一雙雙充滿期待、挑剔、評判的目光，對演講者來說，可能是一次稍縱即逝的機會，也可能是一場難以脫離的噩夢。

每個人都會有很多在公共場合發言的機會，當你因為恐懼、害怕而放棄了這些機會的時候，實際上就是放棄了許多成功的機會。所以，我希望無論在職場還是生活中，當你需要當眾講話的時候，面臨決定人生轉捩點的重要時刻，你能快速抓住機會並作到「語」眾不同！

　　你不需要很厲害才開始，而是開始才會變得很厲害，現在就讓我們開啟蛻變之旅，掌握口才能力，讓你未來的每一場演說都驚豔全場，讓你擁有更多的話語影響力，創造人生更多的可能性！

　　演講既是一門技術，也是一門藝術，技術說明有跡可循，但是藝術需要一輩子修練。在演講表達的這條路上，我也還在不斷地學習與探索，希望與你一路同行，用演講收穫更成功、更豐盛的人生。

第一章

自信法則
── 克服緊張，從容演講有祕訣

第一章

自信法則 —— 克服緊張，從容演講有祕訣

演講中，許多人都受困於「緊張」這隻「攔路虎」，在這一章我們透過抽絲剝繭，了解自己緊張的表現、原因，以及如何克服緊張情緒的五大祕訣，讓「緊張」這塊演講路上的「絆腳石」變成「墊腳石」。

你上臺緊張嗎？如果給自己上臺緊張的情況打分數，1到10分，緊張程度逐步遞增，你會給自己打幾分？

我曾經從演講者手中接過溼漉漉的麥克風，也曾見過他們拿著麥克風顫抖不已的雙手，更聽過他們從麥克風裡傳出哆囉哆嗦的聲音。我從事演說培訓多年，在與眾多學員的諮商溝通中發現，緊張無疑排在演講問題的第一位。

緊張，是很多人演講的「攔路虎」。這個問題不僅束縛了很多人登上舞臺的腳步，也嚴重影響演講分享的效果，更阻礙了很多人實現自信演講的夢想。

早在1980年代，美國心理學家做過一項調查：你最害怕的事情是什麼？結果讓心理學家們跌破眼鏡，排在第一位的竟然是當眾演講，而死亡卻屈居第二。

緊張從生理學角度來說，是人的一種天性。

在遠古時期，我們的祖先以狩獵為生時，經常會遭到外界的各種威脅，比如野獸的攻擊。從那時起，人類的身體就產生了一種防禦機制，這種防禦機制叫做「緊張」，幫助身體逃離危險或者準備戰鬥。

緊張也是一種正常且普遍的生理與心理現象，古今中外許多名人都會緊張。

英國首相邱吉爾當年在演講臺上臉色發白、四肢顫抖，直到被轟下臺，他曾說每次演講都覺得胃裡像放著一塊冰塊；林肯最初走上演講臺時恐懼得連一句話都說不出來；印度聖雄甘地首次演講都不敢看聽眾。

著名作家沈從文先生第一次講課時，慕名來聽課的人很多，他竟緊張得不知說什麼了，很久之後，他才慢慢平靜下來。然而原本要講授一個小時的內容，被他三兩下用 10 分鐘就說完了，可是，離下課時間還早呢！他再次陷入窘境，後來他急中生智，轉身在黑板上寫了一句話：今天是我第一次上課，人很多，我害怕了。全場爆發出一陣善意的笑聲。

緊張的時候人會有哪些表現呢？國外某喜劇類綜藝中有個節目，節目中的賈總過去總是請助理代替他演講發言，所以當極少上臺的他不得不做公眾講話時緊張得狀況百出：忘詞、說錯話、手足無措、語無倫次、面部僵硬、冒虛汗等。

你是否仔細觀察過，你在緊張時，會有哪些表現呢？

▋演講時，緊張的表現有哪些

我們緊張的表現一般分為外在和內在，從外在表現來看，一般會出現四肢抖動、手足無措、面部僵硬、眼神游

離、口乾舌燥、面紅耳赤、虛汗頻出、說話結巴等情況；從內在表現來看，會出現心跳加快、頭腦空白、盼望演講結束等情況。

按照緊張程度我們一般分為三種。

嚴重緊張：演講進行不下去，直接從臺上下來。

中等緊張：剛開始很緊張，心跳加快等，講著講著進入狀態。很多人都屬於這種情況。

輕微緊張：聽眾根本看不出來你在緊張。

緊張有利有弊，從利的角度來說，上臺緊張，說明我們重視這件事情，甚至演講時會超常發揮；從弊的角度來說，緊張產生的一系列連鎖反應會影響我們正常發揮，繼而影響演講效果。

▌害怕當眾講話的人，緊張的原因有哪些

有一年香港大學招收大學生，共收到多達 4,848 份申請。經過面試，最後錄取 250 人。港大表示，學校並不單純以考試分數作為招生指標，面試表現也很關鍵，11 名的考試「狀元」因面試成績不理想而被拒之門外。

從小到大，我們更多是透過筆試升學，在語言訓練上的學習少之又少。我大學讀的是中文系，系裡對學生的要求是：站著能說，坐著能寫。所以除了有訓練寫的課程外，系

裡還專門開設了一門選修課 —— 演講與口才，大家注意到沒有，這是作為選修課，並不是主課，而其他很多科系甚至都不會開設此類課程。

因此，我認為緊張的深層次原因在於傳統的文化教育氛圍。

2016 年暑假，有八位老師帶著他們各自的孩子來到我們機構，當時這些孩子都剛剛參加完學測，他們的父母中，有物理老師、地理老師、化學老師、體育老師等，作為老師，為什麼他們還要把子女送到我們機構學習呢？當我與孩子們一個個交流時發現，這些孩子基本上都有靦腆害羞、不擅長與人溝通的狀況。父母們深知孩子馬上要奔赴各地求學，大學就是一個小社會，他們將會面臨各種需要溝通表達的情況，比如和老師、同學、室友的相處，校內各種活動的展示，都需要優秀的表達能力。經過一個月的集訓，孩子們的演說能力有了明顯的提高。課程接近尾聲的時候，為了幫助孩子們克服膽怯的心理，我專門設計了一個環節叫做「『合』你在一起」，讓他們去附近的商場，主動找陌生人合影。因為當時我們採用分組 PK 的模式，所以大家的積極性非常高。

讓我們非常欣慰的是，9 月分他們步入大學後，每個人都向我們傳來了喜訊，有的孩子當上了班長、有的孩子當上

了學生會幹部，他們紛紛表示暑假的演講集訓對他們的影響很大。

除了傳統的文化教育和氛圍影響外，還有職場的氛圍。工作後，你會聽到「槍打出頭鳥」、「多說多錯，少說少錯」這樣的一些忠告。但演講是一項技能，就像學習一門新的語言，需要環境，需要刻意練習，我們從小既沒有相應的學習環境，又沒有刻意練習的場合，更沒有鼓勵的氛圍，因此，就容易出現在當眾講話時緊張到不知如何應對的情況。

當然，造成演講緊張還有很多其他的原因，比如很少上臺，缺乏實戰經驗；對結果過分關注；對自己的期望過高；以前演講失敗過，內心有陰影等等。

▊別怕！克服演講緊張有五大妙招

演講中你的緊張能克服嗎？答案是，當然能！如何把演講中這隻可怕的「攔路虎」變成溫順的「Hello Kitty」呢？在這裡我分享給大家五大妙招。

充分準備法

《中庸》裡說：凡事豫則立，不豫則廢。

卡內基（Dale Carnegie）說：一次成功的演講來自充分的準備。

林肯曾經說過：給我六小時砍倒一棵樹，我會用頭四小時來磨斧子。

所以，出色的演講是精心準備的結果，準備越充分，失敗的機率就越低，成功的機率就越高。

在我的第一堂演講課中，我會讓大家一起齊聲讀出一句話：「沒有準備，就請準備失敗！」我發現很多學員在演說前不喜歡準備，或者只是臨時抱佛腳。

多年前有位高學歷的學員很驕傲地和我說：「湯老師，我以前讀書時每次考試前幾乎都是臨時抱佛腳，即使這樣，我的成績依然名列前茅。」表示欽佩後，我忍不住反問了一句：「那麼每次遇到公眾演說，你也是這樣做的嗎？」他說是的，我問結果呢？瞬間他臉上的自信轉為失落說：「結果都不好，所以才來您這裡學習。」

演講最大的天敵是緊張，緊張最大的天敵是自信，自信的來源在於準備。演講需要充分周全的準備。如果一個人演講沒有做好充分的準備，那麼他就容易緊張恐懼，思路混亂。每一次非凡的演講都來自幕後的精心準備，準備工作能驅散你心頭的緊張，將你的演講打磨成精雕細琢後的傑作。

TED 創始人克里斯・安德森（Chris Anderson）曾將賈伯斯譽為「近年來偉大的企業推廣人之一」，安德森說：「每次蘋果公司召開重要產品發布會時，他都會一絲不苟，精心

演練數小時。他極其重視每一個細節。」那麼，賈伯斯是如何精心準備的呢？

賈伯斯是一位藝術家，他始終精益求精地完善自己的演講風格，每張簡報他都仔細撰寫，他的每次演講都帶給觀眾劇場般的體驗。他不像其他的演講者是為了傳遞訊息，他是為了給聽眾創造一次非凡的體驗。他近乎苛刻地要求自己，不斷修改每張演講簡報的細節，一刻不停地排練直到近乎完美！

演講前，賈伯斯會用整整兩天的時間反覆排練，詢問在場產品經理的意見，任何一個細節，他都不放過。當年，有這樣一個場景，賈伯斯在為發布 iMac 進行彩排時，按照設計他話音一落，新款 iMac 就從一塊黑色布幕後面滑出。但賈伯斯對當時的照明狀況不滿意，他希望光線更亮一些，出現得更快一點。負責照明彩排的工作人員一遍又一遍地除錯，始終不能讓賈伯斯滿意，而他的情緒也越來越糟糕。最後終於成功了，賈伯斯興奮地狂叫。

蘋果公司創始人賈伯斯在演講上精益求精的態度令我們折服，而小米科技創始人雷軍是如何準備新聞發布會講稿的呢？

我們有一個四五人的核心團隊，會有四五十人參與，一般會寫一個月到一個半月，我自己每天會花 4 到 5 小時修改

內容，一般會改 100 遍以上，每一張都要求是海報級的。寫完了稿子以後，要推敲每 5 分鐘聽眾會不會有掌聲，每 10 分鐘聽眾會不會累，我們是應該插短片、插橋段，還是插圖片，怎麼帶動全場氣氛，怎麼能確保整個發布會在一個半小時內結束。我一個人從頭講到尾，保證在一個半小時裡面，能讓你覺得全場不無聊。

因此我想特別和大家分享一下，我們該如何進行演講準備。我分別從內容、環境、聽眾三個角度分享一下。

◆ 1. 內容準備

當我們將內容撰寫完成後，很多人會認為演講的準備工作已經結束了，然而這只是完成了第一步，更重要的第二步是在內容演繹上做超量準備。下面我分享一個「試講四要領」。

發出聲音，強化記憶

很多人練習演講，習慣在心裡面默記，不知道大家有沒有一種經驗，小時候我們背課文，雖然在心裡默記得很熟練，但是面對著老師背誦時，可能又會變得結結巴巴。所以，在演講內容的練習上，必須要發出聲音，這樣才會對牢記內容有幫助。

模擬現場，逼真練習

　　如果有條件，建議最好直接在現場訓練；如果沒有，就選擇一個與當天會場類似的場地進行練習。高逼真的模擬，能夠大大降低我們演講時的恐懼感，提升演講時的自信。

　　記得多年前我曾幫一位學員輔導高級工程師答辯，她非常害怕當眾講話，之前的考核都沒有通過，所以專門找到我幫她輔導。剛好當時答辯考核的場地就在她部門的樓上。

　　在考核前一天，因為內場不能進入，我們到場地的外面，我找了一把椅子讓她坐下，接著讓她閉上眼睛。我對她說：「妳現在想像一下，已經抽到了某個題目，幾分鐘準備後，我會模擬考官向妳提問。」

　　經過大量的刻意練習和高逼真的模擬，她參加完答辯考核後向我回饋，這次明顯沒有之前那麼緊張，全程順利，高分通過。

　　在內容準備階段，要特別注意時間掌控。比如演講比賽、應徵、述職等類型的演講，都有時間要求，尤其是比賽性質的演講，超時會遭到扣分處理，所以我們在準備時一定不要滿打滿算，要留有餘地。比如 8 分鐘的演講比賽，準備到 7 分 30 秒或 7 分 40 秒即可，因為在現場高壓環境下有可能語速變慢，而且要為突發情況留出調整的時間。

　　如果是分享型的演講，比如主辦單位邀請你作為嘉賓分

享，也同樣要注意時間的掌控，因為可能不止你一位分享嘉
賓或者還有其他流程。

　　正常情況下主辦單位都會事先安排好環節所需要的時
間，但是我參加過一些大型的活動，曾遇到一些嘉賓在分享
時沒有提前規劃好時間，導致後面時間來不及。這時分享嘉
賓會出現一些狀況，比如語速加快、快速切換 PPT，更甚者
演講超時，導致後面嘉賓的時間被嚴重壓縮，既定環節被打
亂或被取消。這些行為給主辦單位、聽眾、與會分享嘉賓都
會造成不好的印象，更給活動帶來不利的影響。

　　記得多年前，我主持過一場 25 週年的同學聚會，當時邀
請了一位老師上臺致詞。70 多歲的老師看到這種場景很是感
慨，所以忍不住滔滔不絕發言了將近 40 分鐘。因為當天是晚
宴形式，在老師發言 20 分鐘之後，現場就已經出現了小小的
騷動，慢慢開始了觥籌交錯，場面有點尷尬。

　　在老師結束發言後，為了緩解現場的氣氛，我臨時根據老
師發言中三句感人的話，做了總結昇華，同學們深刻感受到了
這份師生情，於是向老師致以雷鳴般的掌聲。在這個主持中，
我再次感受到應該注意演講時間的掌控，否則會弄巧成拙。

錄製影片，覆盤優化

　　我們有個課程模式是「私人訂製」，課程中有兩個關鍵
的環節 —— 錄製訓練影片和覆盤總結。透過影片可以非常直

觀地發現自己演講時的各種問題，比如肢體動作、內容的邏輯、聲音的感染力等方面的不足，甚至還能發現一些細微的問題，比如小動作、口頭禪等。並且，透過回看影片總結覆盤，我會讓學員先找出進步和需要改善的點，然後記錄在手冊上，我再進行分析補充，不斷優化、改善學員演講中出現的問題。

模擬彩排，讓聽眾聆聽並給予回饋，再次覆盤優化

演說時，如果只是一個人默默練習，會毫無壓力並且細節問題不易察覺，因此，在練習演說時，可以找家人朋友或者同事幫忙模擬一下聽眾，並且讓其積極誠懇地給你回饋建議。甚至，你可以準備一份回饋表，模擬彩排後讓聽眾匿名填寫對你演講的評分、評價和建議。

我在企業工作時，曾經參加過一次講師比賽，在比賽前一天，我請了幾位同事模擬聽眾並幫忙回饋意見。當時他們指出了一個我自己都沒有意識到的問題，隨後我快速進行了調整。沒想到，比賽時有位選手剛好出現了我此前那個問題，被評委嚴厲指出。而我因為在彩排中得到同事及時的回饋，並快速修正了此問題，因此演講得到眾多評委的認可，最終我在激烈的比賽中獲得第一名。

及時覆盤，這個動作在演講中非常關鍵，不論是在前期準備，還是後期演講結束，可以說每一場演講後都值得我們

精細地覆盤。一方面，從進步、收穫、亮點的角度，沉澱未來值得使用的方法；另一方面，更要從不足之處總結需要改進的方向，讓它成為避坑指南。其實就算演講有遺憾，也是一次進步的開始。

◆ 2. 環境準備

　　一定要充分熟悉演講現場及裝置，前面我們說過如果有條件，建議最好能直接在現場訓練；如果沒有，就選擇一個與當天會場類似的場地進行練習。到了演講當天，建議一定要提早到達現場，降低自己對陌生事物的恐懼感。我曾經在參加培訓時聽一位老師說過，「作為老師，如果準時就意味著遲到」，我非常認同，所以我每次到企業培訓至少提早一個小時到達。雖然大家不是培訓師，但是演講中同樣要有這樣的態度和做法。

熟悉適應場地

　　到達演講現場後可以到臺上的各個位置走一走，多模擬在臺上演講的感覺，如果分享的內容不算太長，可以完整地彩排 1 到 2 次，甚至更多次，消除陌生感。

測試演講裝置

　　注意電腦、音響、麥克風、演講內容的除錯。

　　即使主辦單位有提供電腦，我也會自帶一臺，還會攜帶

一個隨身碟存放好所需資料，以備不時之需。

　　音響和麥克風要測試好，避免發出刺耳的聲音，至少多備一份麥克風的電池。

　　內容上的除錯，一方面是 PPT，PPT 要播放出來看看有沒有問題，在 PPT 方面尤其要注意兩個細節。

　　第一個細節，PPT 和投影螢幕的尺寸要匹配。如果你做的 PPT 尺寸為 16:9，而投影螢幕是 4:3，那麼，投影的頁面出來會有上下黑邊；同理，如果 PPT 尺寸為 4:3，而投影螢幕是 16:9，在電腦上顯示時，也會在左右兩側出現黑邊。一般來講，當頁面與投影螢幕尺寸等比時，頁面正好鋪滿整個螢幕，看起來會更舒服。所以，我在此建議，製作簡報之前，最好提前了解清楚投影裝置的尺寸。

　　第二個細節，播放測試時可以坐在會場最後面的左邊和右邊觀察是否能看清 PPT，因為有時會存在字型偏小、顏色太淡導致 PPT 不清晰等情況，我們需要快速調整，避免因為這樣的小細節影響演講的整體效果。如果需要使用到影片、音樂等素材，最好提前下載並且播放檢查一下。

　　在前期的準備工作中，任何一個細節都不要放過，因為只要有一個細節沒有做好，就有可能導致演講「翻車」。這些相關的工作全部搞定，也能幫助你更為安心和專注地投入到後面的演講中去。

◆ **3. 聽眾準備**

我們可以透過相關管道提前獲知聽眾資訊，以確保演講的內容是聽眾想聽的、聽眾關心的，並且我們還可以提前到達演講現場熟悉觀眾的面孔，降低緊張感，同時尋找便於互動的觀眾。

無準備，不登臺。事前下足功夫，演講即可十拿九穩，所有在臺上看起來毫不費力的演講，都是因為在幕後拚盡了全力！

心理調節法

◆ **1. 利他思維的心態轉變**

蕭伯納（Bernard Shaw）曾經說過：「如果你有一個蘋果，我有一個蘋果，彼此交換，我們每個人仍然只有一個蘋果；如果你有一種思想，我有一種思想，彼此交換，我們每個人就有了兩種思想，甚至多於兩種思想。」

演講實際上就是在分享你的思想。我們上臺緊張，有時候往往是因為太過於關注「小我」，一直把焦點放在自己身上，太過於在乎自己，忽略了演講對觀眾的價值和意義。如果我們能夠轉變思維，採用利他思維去分享，把焦點放在內容是否對聽眾有幫助上，反而可能會激發出興奮、自豪的情緒。

◆ 2. 拔除負面的心魔，建立正面的心錨

教授把一個死囚關在一間屋子裡，蒙上死囚的眼睛，對死囚說：「我們準備換一種方式讓你死亡 —— 把你的血管割開，讓你的血滴盡而死。」

然後教授開啟一個水龍頭，讓死囚聽到滴水聲，教授說：「這就是你的血在滴。」

第二天早上死囚死了，臉色慘白，一副血滴盡的模樣，其實他的血一滴也沒有流出來，他是被嚇死的。

上述例子揭示的原理：心態影響生理。

在演講前，你是否會給自己負面的心理暗示：這次肯定又要丟臉了、我不行、講不好……每次演講結果也許都沒有讓你失望，你確實表現不佳。

在演講中，我們應該勇於挑戰，多對自己說「我可以」，少說「我不行」。你可以多回想自己曾經成功的畫面，讓你幸福、激動、有成就感的事情，把負面轉為正面，當你擺脫這些限制性的負面信念後，人生才會更加開闊，擁有無限可能！

◆ 3. 注意力轉移法

在演講中，我們最擔心看到聽眾不認可的反應，比如：冷漠的表情、質疑的目光、雙手抱胸的肢體，甚至是自顧自

玩手機、起身離開等，對於演講經驗不豐富的分享者來說，無疑會產生巨大的壓力。這個時候，我們應該多把目光轉移到對你投來善意、認可你的聽眾身上，降低自己的壓力感，同時，也把注意力轉移到你所講的內容上，你要深信，自己是在分享一件對聽眾有價值、有幫助的事情。

◆ 4. 壓力轉移法

演講中最緊張的時刻，莫過於快上臺和上臺發言的前幾分鐘，但是作為給聽眾的第一印象，開場是重中之重，如果搞砸了，勢必會影響我們演講的整體效果和自己的信心。這時可以使用壓力轉移技巧，比如：開場透過互動提問，播放影片、圖片、音樂等方式轉移這種緊張感。

提問時，尤其是提問某位聽眾，大家的視線會馬上聚焦到回答者身上；播放影片、圖片、音樂時，不僅能使開場方式變得豐富，也會轉移聽眾的注意力。以前我在巡講一門課程——「陽光心態」，每次開場我都會播放一段澳洲演講家力克‧胡哲（Nick Vujicic）的勵志影片，播放前，我會和大家說明看完後會請兩個人分享自己的感受，這不僅能減輕我開場的壓力，同時也吸引了大家的注意力，並且能提高培訓的效果。

動作調節法

緊張的時候，我們的心跳會加速、呼吸也會變得急促，這時候，大家可以嘗試採用 1:4:2 的呼吸方式來調整一下，指的是：吸氣 1 秒，憋氣 4 秒，吐氣 2 秒。

另外，我們還可以透過放鬆身體的方式來緩解緊張。比如，握緊雙拳，屏住呼吸，5 秒釋放，重複 3 次。人越是緊張，身體越僵硬，這個時候緩解的效果最明顯。

記得有一次我參加培訓，在簽到處附近，一個不引人注意的角落，我看到一位西裝革履的男士正在做高抬腿的動作，後來開課時才發現他就是當晚的講師，也許他也是因為緊張。在國外有些專業從事演講工作的人，當他們需要面對上萬人演講時，開場前甚至會跑到沒人的洗手間去做鬼臉，以此舒緩緊張的情緒。

刻意訓練法

心理學教授安德斯・艾瑞克森（Anders Ericsson）博士研究了各行各業的成功人士，他發現，這些成功人士無一例外都數十年如一日刻意反覆地練習，不斷完善他們的技能。

學習演講同樣如此，掌握了系統的方法，還要不斷持續練習，不僅是對當下需要分享的內容做大量的練習，更要對口才做長久的刻意訓練。

　　林肯是聞名於世的大演講家。但是林肯小時候其實是有口吃的毛病，他說話並不俐落。自從他立志要做律師後深深了解口才的重要，從此林肯開始了刻意練習。他常常徒步 30 英里（約 48 公里），到一個法院去聽律師們的辯護詞，看他們如何辯論，如何做手勢。他一邊傾聽那些政治家、演說家聲若洪鐘、慷慨激昂的演說，一邊模仿他們的動作。回來後林肯學著他們的樣子，對著樹林和玉米地反覆練習演講。經過千萬遍的練習，林肯不僅成為一位名聲斐然的律師，而且踏入政界，成為令人尊敬的總統。

持續實戰法

　　很多人會因為恐懼舞臺而拒絕演講機會，殊不知，他們拒絕的不僅是一次當眾講話的機會，也可能是一次商業合作的機會，或者是獲得他人認可、遇到貴人的機會。因為害怕上臺，導致越不上臺就越不會講，越不會講就更不敢上臺，形成了惡性循環。而想學好演講就是要不斷「霸占」舞臺，有機會上，沒機會創造機會也要上！

　　某知名主持人在當眾講話上，也有不堪回首的往事，在一檔節目的現場，他用自己的演講經歷，告訴大家演講的訣竅就是：要珍惜任何一次當眾說話的機會，也許今天出了醜，丟了人，但是今天丟的臉，早晚有一天能給你賺回大面子！

臺上一站，成功一半，把站上舞臺演說變成一種習慣，不要怕出醜和丟臉，因為此處不丟臉，也自有丟臉處。不怕丟臉，丟一陣子臉；怕丟臉，丟一輩子臉。從心底問一下自己：你是想丟一陣子臉，還是一輩子？

第二章

定位法則
—— 三思而行，明確方向塑價值

第二章

定位法則 —— 三思而行，明確方向塑價值

方向不對，努力白費，如何讓演講事半功倍，而不是事倍功半，在這一章中，我們會明確演講的方向，其中包括明確演講的目標、聽眾、主題和觀點。

一隻駱駝和一匹馬在沙漠中結伴而行。可是馬嫌駱駝跑得太慢，而駱駝又嫌馬不認路。馬和駱駝互相爭執，最後分道揚鑣。馬在沙漠裡拚命奔跑，可總是繞圈；而駱駝因知道方向，僅用了一天的時間，就走出了沙漠。馬在沙漠中迷路了，當駱駝見到馬時，馬已經累得快不行了。馬奄奄一息地說：「還是你厲害，知道方向！」駱駝說：「你不是說你跑得快嗎？」馬服輸地說道：「在前往目的地的過程中，光跑得快是沒用的，關鍵還是要知道方向。」

人生如果沒有方向就像行駛在大海裡的船，無論風從哪邊吹都是逆風。一位諾貝爾獎得主在談到成功的經驗時說：「從容思考，從速實行，方向永遠比努力更重要。」

在培訓中，我會問學員，當你們獲得一個演講機會時，通常第一步會做什麼呢？有一些學員不假思索馬上回應：「老師，查 Google ！」的確，在準備演講第一步時，很多人都想透過網路搜尋方式，七拼八湊快速完成演講內容，但是最後他們會發現演講效果並不理想，因為他們沒有明確內容的方向，從一開始也許就已經偏離了主題，導致聽眾對演講內容不感興趣，更談不上演講有說服力了。

那麼，如何明確演講的方向？我們要做到「三思」而行。

▌第一思：以終為始 —— 明確演講目標

你不知道目的地在哪裡，那麼必然無法到達你想去的地方。演講不要為了講而去講，演講要為了達到目標而講，我們要擁有結果思維，聚焦演講的目標。在《高效能人士的七個習慣》（*The 7 Habits of Highly Effective People*）這本書中，「以終為始」是其中的第二個習慣，做事情之前先樹立目標，然後再行動。如果通往成功的梯子一直搭錯牆，那每一次行動無疑加快了失敗的步伐。所以作者史蒂芬·柯維（Stephen Covey）在書中寫道：以終為始說明在做任何事之前，都要先認清方向。

因此，一場演講是否成功，就看是否達成了目標，因為演講目標，也是我們後面主題選擇、時間分配、內容和案例選擇的判斷準則。常見的演講目的分為五類。

訊息傳遞類。比如培訓、制度政策宣傳等。

說服類。說服的場景很多，比如：工作中的簡報提案需要主管認可透過；創業者進行融資演說，希望獲得投資人的投資；訂貨會、招商會或者公益宣傳等，透過說服他人，影響聽眾的思想和行為。

激勵類。透過演說激發聽眾內心深處巨大的潛力和鬥志，促進聽眾馬上行動去做某件事情，以達到實現個人或組織的目標。比如：公司業績下滑，遇到團隊士氣低落的時候，激勵員工努力奮鬥；夥伴創業失敗，激勵他燃起鬥志。

公益宣傳類。比如環保、健康、理財等。

娛樂類。比如一些脫口秀等節目。

但是我們要知道演說目的是可以「複合」的，比如賈伯斯、雷軍等人每次做發布會，既有新產品的訊息傳遞，同時也達到了說服銷售的目的。

了解演講目的後，要明確演講的目標。你希望當演講結束後，與演講前相比，聽眾有什麼改變呢？有人希望讓聽眾掌握更多的訊息；有人希望讓聽眾掌握新的能力；有人希望改變聽眾的信念，從而改變他們的行為或啟發他們用全新的視角看待自己和世界。

在演講目標的設計上要追求有效，目標要是具體的、能夠操作的、看得見的、好衡量的，因此，要注意兩個原則：可衡量和可實現。比如，以銷售為目的，我們要制定出明確的演講目標。

如果今天是做一場招生宣講會，參加人數是 100 個人，下面哪個目標的設定是合理的？

★ 讓更多人報名。

★ 100 人中 100 名學生報名。

★ 100 人中 60 名學生報名。

準確的答案是第三個，因為制定目標要可衡量和可實現，第一個目標「讓更多人報名」不可衡量；第二個目標「100 人中 100 名學生報名」又違背了「可實現」原則，因為這基本是不現實的，你可以有這樣的期待，但如果多次目標都沒實現，你就會產生挫敗感，不利於演講自信心的建立。

所以，第三個目標是比較合理的，當你演講結束後，有沒有 60 個學生報名，就知道這次招生會是不是成功的。

▓第二思：對症下藥 ── 明確演講聽眾

《孫子兵法》中說道：知己知彼，百戰不殆。在演講中，演講者只有充分了解聽眾，知道聽眾是誰，聽眾關心什麼，你的演講，才能滿足聽眾的期待，才能抓住聽眾的心理。

所以，我們要了解聽眾的資訊。這裡包含七個方面。

經濟收入。可以從兩個角度來理解：第一，如果這是一場產品的推介會，根據聽眾的經濟收入，大致可以判斷他們

能承受的價格範圍，從而鎖定重點推薦的產品方向；第二，如果我們知道聽眾的收入屬於一般水準，在分享中，切勿提及太多奢侈品作為例子，以免引起聽眾的不適和反感。

身分地位。比如面對政府官員演講，那麼演講風格就要力求穩重，切勿太過張揚；如果是面對市場銷售的人演講，就可以熱情一些；如果面對學生演講，可以穿得年輕化一些。

年齡大小。從聲音運用角度來說，如果是面對老人演講，語速要盡量慢一些；如果是面對孩子演講，語氣要更有親和力。

從內容角度來說，不同的年齡，對於內容的需求會有所不同。年齡不同，對於同一個主題的期待也不同，比如同樣是學習演講，青少年需要的是學生會、班幹部競選等場景的演講技巧；成人則需要的是年終述職、職位應徵等場景的演講技巧。此外，措辭要在他們的理解範疇，要符合他們的語境。

性別結構。一般來說，男性偏理性，女性偏感性，對於男女聽眾比例的掌握，會決定我們的演講內容和演講風格。

有一檔由明星企業家參與贏取千萬級公益基金的真人秀節目，其中有一期是由某家居集團創始人進行任務，任務是為該品牌的新款櫥櫃做現場推介會，評委就是現場所有聽

眾。聽眾會根據現場兩隊的推介會情況進行投票，在前幾次一直處於領先優勢的藍天隊卻在第三輪 PK 中慘敗，原因是碧水隊的隊長提前了解到現場的大多數聽眾是女性，也就是提前了解了聽眾的性別結構。因此她採用了結合自身經歷講故事的感性路線，現場和自己的女兒演繹了一幕情境劇，引發了在場很多身為母親的聽眾的共鳴，而藍天隊兩位男性企業家則採用冷靜、理性的演說風格。最後碧水隊的溫情路線獲得了大多數聽眾的票數，贏得了這場比賽。

教育程度。當我們演講時面對教育程度低的聽眾，語言要盡量通俗易懂；面對教育程度高的聽眾，要講得概括簡練。

職業背景。有一次我到一家大型醫藥企業培訓，我在課程中會多列舉一些從事醫療醫藥產業的學員案例，這樣不僅有利於拉近與聽眾的距離，而且更有代入感，他們會更容易被課程吸引，也會讓學員感受到這個老師上課是有備而來。另外，了解聽眾職業背景也有利於你在分享時更好地巧妙設計一些互動。

宗教背景。比如有些民族有飲食禁忌，有些地方有話語禁忌，那麼在演講的時候就要避免談及禁忌的內容。

第三思：箭指靶心
—— 明確演講的主題和觀點

明確演講的主題

首先我們要先確定主題的方向，可以從三個方面的交集來選擇，分別是你能講、聽眾想聽、場合需要。

◆ 1. 你能講

選擇你擅長和熟悉的方向。在培訓中，我發現有的學員為了分享而分享，去網路上摘抄內容放到演講稿裡，不僅背得很辛苦，分享的時候也根本沒有辦法做到從心出發，而是生硬地背稿或照稿讀，然後越講越緊張，聽眾聽得也索然無味。但是他們分享自己擅長的主題時，就能輕鬆做到信手拈來，流暢自然。

所以，我們在確立主題時，要選擇自己比較熟悉，並且有條件、有把握講好的題目。比如你在某一個領域有所深耕和鑽研，已經是這方面的專家或者你親身經歷過此類的事情。我在課堂上經常鼓勵初學演講的學員，一定要從自己的身分角色、職業專長、人生經歷、興趣愛好去挖掘演講的主題。

因為熟悉，才容易講得深、講得透，講出自己的風格；因為熟悉，才有話可說，不會言之無物；因為熟悉，演講者才能產生熱情，才能去感染聽眾。如果演講者對自己的題目根本不熟悉，似懂非懂，演講所表明的觀點，做出的結論，就必然缺乏堅實可靠的論據。

另外，演講的選題要合乎演講者的身分，要能夠展現演講者的個性特點和風格，不能選那些與自己身分根本不相符的方向作為自己的演講選題。比如，我還沒有成為父母，就不適合去講親子教育的話題，就算演講得再精彩，因為身分的關係，也很難令聽眾信服。

◆ 2. 聽眾想聽

很多演講者在分享的時候，只顧著自己表達，全然不考慮聽眾是否接收到了你的訊息，全然不顧臺下聽眾的感受，不考慮自己講的東西和聽眾有什麼關係。有的分享者屬於自娛自樂型，只顧講自己想表達的；有的分享者講得天馬行空，讓聽眾彷彿置身於迷霧之中。這種分享，往往會讓聽眾對演講失去興趣，感覺時間非常漫長，希望盡快結束。

演講的本質是傳遞價值，這種價值就是影響力。透過影響他人的思想，進而改變他人的行為，這樣才會讓聽眾受益無窮。我們要有給聽眾「送禮物」的心態，從聽眾的角度，

而不是從自己的角度出發進行演講，只有緊扣聽眾的心弦，才能抓住聽眾的注意力。

在第二思中，我們說要了解聽眾的基本資訊，以此來明確聽眾是誰，同時，了解聽眾關心什麼，想聽什麼。如果你的聽眾是應屆畢業大學生，他們感興趣的是如何順利獲得企業的錄用；如果是老人，他們想知道的是如何更健康；如果是父母，他們想知道的是如何更好地教育孩子；如果是創業者，他們想知道的是如何讓企業更成功。

以正確的方式傳遞你的訊息，所以，了解聽眾對你決定選用什麼樣的演說內容、案例、表達風格甚至會場布置等，都有很重要的參考依據。而演講是演講者與聽眾的雙向交流活動，清晰了解聽眾的訊息，也有利於在演講中更好地與聽眾進行互動，活躍現場的氛圍。同時演講者也要全神貫注地關注現場情況，提早發現問題，根據演講中效果不佳的部分，快速做出調整和改進。

◆ 3. 場合需要

大部分企業邀請我授課都是分享演講技巧，但是有一次我受到一家創業俱樂部的邀請，面對眾多的創業者聽眾，我分享的是自己的創業經歷和經驗感悟。

所以，演講者也要根據場合和主辦單位的要求，弄清楚活動想要表達什麼、突出什麼、達成什麼目標。

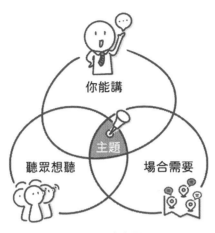

圖 2-1 定主題

　　當我們選擇主題時，要找到「你能講、聽眾想聽、場合需要」三個方面的交集來明確主題的方向，符合三個方面的主題，為做好一場成功的演講奠定堅實的基礎。

　　另外，我們如果對某個主題很感興趣，很想分享，在現場我們一開始可以這樣和聽眾說：「某某方面雖然不是我的專長，但是我真的很有興趣，過去一段時間，我針對這個主題，蒐集到很多這方面的數據，並且在這方面也有自己的一些想法，當然，我知道在場很多的前輩是這方面的專家，希望我在分享後有任何不到位的地方請大家給予指導。」謙虛的態度一擺出來，針對那些做得比你好的人就不會用百分之百的專業態度要求你，分享後，還有機會得到別人的幫助。

明確演講的觀點

　　明確主題後我們要明確觀點。觀點是演講的靈魂，塑造演講影響力需要強而有力的觀點。確定觀點時注意五點：聚焦、鮮明、正確、新穎、深刻。

◈ 1. 聚焦

　　一篇演講只能有一個主題，演講者必須圍繞這個主題展開論述。否則容易造成主題混亂模糊。我曾經在某次活動上聽到一場演講，前部分的演講都非常順利和精彩，但是在快結束演講時，這位演講者又丟擲了一個新的觀點，以至於最後這位演講者沒有獲得太多聽眾的投票。

◈ 2. 鮮明

　　演講的主題要鮮明地表達演講者的情感，熱愛什麼、憎恨什麼、贊成什麼、反對什麼，演講者應該態度明朗，旗幟鮮明，不能含糊不清。

◈ 3. 正確

　　演講的觀點必須是積極向上的，如果觀點的價值觀有問題，就好比選錯了食材。如果選擇腐壞過期的食材烹飪，吃了必然對身體有害。所以不正確的觀點會誤導聽眾，或遭到聽眾的反對，最終導致整場演講失敗。比如，一位經營彩券

店的演講者，在分享中她的觀點是號召大家人生不一定要那麼努力，可以多去買樂透碰碰運氣，這場演講即使演繹得很精彩，但依然是場不合格的演講，因為她傳遞的價值觀有問題。所以，一個好的觀點要傳遞積極的價值觀，才能和聽眾產生更深層次的共鳴。

2021 年 11 月 13 日，我們舉辦了一場主題為「乘風破浪，勇敢向上」的百人演講分享盛會。在這場演講盛會上，登上舞臺分享的 13 位學員來自不同的產業領域，他們中有律師、精神科醫生、大學老師、創業者……13 位學員站在各自的職業視角，為聽眾呈現了一次高品質的演說盛宴，他們的主題豐富，角度多樣：維護法律的公平與正義、為憂鬱者發聲、如何更好地教育孩子、如何打破自我設限……每一個人的演講都富有正能量，每一個故事都具有溫度，讓現場的聽眾紛紛受到了激勵。這次演講分享會不僅鼓舞更多人勇敢挑戰自我，登上舞臺，更傳播了正能量。

◆ 4. 新穎

演講的主題必須要新穎獨特，而不要老生常談、陳詞濫調。比如太陽每天從東邊升起，對是對，但是很無趣，沒什麼新意。

所以具有創意或者有思考深度的觀點，才能激發聽眾的興趣，給人耳目一新的感覺。

例如，在我的演講課堂上，有一個以「眼淚」為主題的分享，很多人通常想到的是關於人的眼淚，但是有一位學員的觀點是「大海的眼淚」，觀點很明確，角度很新穎，現場分享時的感染力也很強，所以最後他以高票當選了我們的「演說之星」。

另外，一位演講者曾經做過一篇演講 ——《「笨」向未來》，他打破常規思維，提出「人要變得『笨一點』」這個觀點，實際上他指的不是我們一般所說的「笨」，而是倡導做事要腳踏實地，不能投機取巧耍小聰明。從標題到立意，角度都非常具有創意。

除了角度立意新穎以外，素材也要有新意。在某節目中，一位演講者分享了《一滴清水的珍貴》這篇演講，號召大家要珍惜水資源。節約用水這個話題，已經是老生常談，如何能更好地觸動聽眾呢？這位演講者在這篇短小精悍的演講中，講述了自己親身經歷的一個故事，在撒哈拉沙漠，他看到了一個小男孩枯坐在沙漠裡等待父母取水給他喝，相比我們轉開水龍頭就能輕鬆得到一盆清水，這個小男孩的父母獲得清水要艱難很多，因為路程遙遠，他們來往要14公里。這個故事素材很打動人心，擺脫了千篇一律的演講方式。

◆ 5. 深刻

　　在演講中，如果觀點與思想僅是浮於表面，則很難啟發聽眾，形成影響力和號召力，所以，我們在觀點見解上要能洞察本質，深入挖掘，立意深刻。

　　曾經有位學員分享「整理收納」這個主題時，她的演講並沒有只是停留在家居生活如何整理的層面上，而是上升到人生的整理，這就達到了由此及彼、由淺入深的演講效果，立意就更加深刻。

　　再比如要分享一次「難忘的旅行」，如果只是寫一路看到的美景和品嘗到的美食，表達的觀點只是好玩好吃，就比較膚淺。如果能從這次旅程中所經歷的事感受到個人的成長，從感性的經歷上升到理性的呼籲，那麼，立意就更高一個層次。

　　所以，我們演講時要想傳遞一個有價值的觀點，就要像挖一口井一樣，足夠深，聽眾才能喝到甘甜的「井水」。

提煉觀點的三種方法

　　那麼如何提煉觀點呢？這裡和大家分享三個實用的方法，分別是多角度分析法、逆向分析法、假設推理分析法。

　　東施效顰是《莊子‧天運》當中的一個寓言故事，我們用這個故事來分析如何使用三個方法提煉出不同的觀點。

◆ 1. 多角度分析法

從多角度分析法入手，至少可從三個角度來分析。

西施角度。西施能被東施模仿，說明人人都嚮往美好的事物。

東施的行為角度。東施模仿西施的動作為什麼會更醜？可見，不能盲目模仿，學習要有正確的方法。

東施鄉鄰們的行為角度。東施鄉鄰們都嫌棄、害怕地避開東施，為什麼不去幫助她，幫她指出來？當我們遇到「東施效顰」的人，應該主動指出來並幫助他們。

◆ 2. 逆向分析法

從常人思維的反面去思考、分析。東施為什麼要去模仿西施？因為東施知道自己不美，愛美之心人皆有之，她認為西施的動作美，於是就去模仿西施，不模仿，那麼她就沒有希望使自己變得更美一些。這比那些不美也不採取措施去改變的人，不是更有自知之明嗎？可見，東施清晰了解自己的缺點並且還努力找方法改進。

◆ 3. 假設推理分析法

假如東施也是個美人，去模仿西施，那會怎樣？美麗的東施自然不會被人嘲笑，但絕對不會變得更美，因為美需要創新，需要用正確的方法達成，不能一味模仿別人，弄巧成拙。

觀點提煉小練習

　　揮淚斬馬謖，說的是《三國演義》中，因為馬謖的驕傲自大導致街亭被破，街亭對於蜀魏都至關重要，而且領軍的人偏偏又是諸葛亮十分賞識的馬謖，當時街亭失守，整個蜀國處在危險中，為了安撫朝野上下，諸葛亮不得不用馬謖的人頭來換取民心。

　　嘗試用多角度、逆向分析、假設推理這三種方法來提煉出你獨到的觀點吧！

第三章

邏輯法則
── 告別混亂，10 倍提升說服力

　　演講時，你是一位優秀的「導遊」嗎？很多人演講時天馬行空、毫無章法，把聽眾講暈，邏輯混亂是其中的「元凶」之一，那麼如何有序表達呢？在這一章中，我會為你詳細分享打造演講邏輯力的諸多方法。

　　有一次，我參加了一個教育產業的小型活動，當嘉賓分享後，邀請現場的聽眾提問，馬上就有一位校長積極舉手，但沒想到這位校長絮絮叨叨說了將近 10 分鐘，出於禮貌，主講嘉賓並沒有打斷她的發言，但是我發現在這個過程中主講嘉賓的眉頭開始緊鑽，其他聽眾也沒有心思聽她講話，坐在我身旁的一位校長悄聲地問我：「湯老師，你不是教演講的嗎？你能聽懂她在表達什麼嗎？」我也無奈地搖了搖頭。

　　其實在這次提問中，這位校長最大的問題是表達缺乏條理性，以至於現場的嘉賓和聽眾都不知道她真正想傳達的訊息是什麼，對於她的發言也就逐漸失去了聆聽的興趣。

理清邏輯結構，讓表達更有條理

　　在工作和生活的表達中，很多人都會出現一些邏輯上的問題，比如語無倫次、條理不清、囉哩囉嗦、不知所云等，從而增加了溝通難度，降低了工作效率。如果邏輯清晰，在演講中有哪些好處呢？

讓聽眾更容易理解你傳達的訊息。聽眾希望了解你的演講內容和演講重點，條理清晰可以增強他們對你演講內容的理解。

讓聽眾更容易記憶你傳達的訊息。條理清晰的演講，可以讓聽眾更好地辨識和記住你的重點。

讓你的演說更有吸引力。循序漸進、環環相扣地傳遞訊息，更容易一步一步吸引聽眾聆聽你的內容。

讓你的演說更有說服力。嚴謹的邏輯結構，相比雜亂無章的演講會更容易贏得他人的信任。

所以，在演講表達上，只有想清楚，才能說明白，結構有力，表達才有力。

告別混亂，邏輯表達有方法

那麼如何讓表達具有邏輯性呢？接下來我來分享邏輯表達的六大方法，這些方法能很好地幫助你解決演講中邏輯混亂的問題。

第一個方法：3S 總分總結構

State —— 陳述你的觀點。在演講一開始，就先丟擲結論，引起聽眾好奇心，抓住聽眾注意力，引領聽眾去探尋真相，因為當演講者直接丟擲一個結論時，聽眾普遍會思考「為什麼」，順著聽眾探究「為什麼」的心理引領聽眾，而且

結論先行，能夠使演講的主題更加分明。

Support —— 找出支撐觀點的論據。在這個部分要列舉詳實有力的素材來論證觀點，比如故事、熱門時事、數據、名言警句等，有了契合觀點的論據支撐，論點才能做到以理服人。

Summarize —— 強調總結觀點。結尾要再次強調結論，把觀點進行總結昇華，給人留下深刻的印象。

看到這裡，是不是覺得 3S 總分總結構有點像「漢堡包」，上下兩片麵包各代表第一和第三個 S，中間部分很豐富，相當於中間的 S —— 正文部分，所以我也把這個邏輯叫做「漢堡包」結構，直觀的形象方便大家記憶。

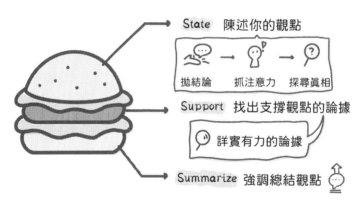

圖 3-1 漢堡包總分總模型

我曾經到一家企業去培訓，互動中有位學員分享到，他曾經在澳洲接受過一次面試，面試的題目很有趣 —— 在貓和狗之間，你更喜歡哪一種動物？當時他反應很快，回答的

大致思路就是按照總分總的結構：第一步明確表明自己的觀點，在貓和狗之間，我更喜歡狗；第二步，展開三點說明喜歡狗的原因；第三步，因為狗有以上這三個優點（具體再次闡述要點），所以，我更喜歡狗。

很多名人的演講也會使用這個方法，比如，一位名人在一次的勵志演講──《擺脫恐懼》，就是按照 3S 的邏輯結構來設計的。

開場就很明確提出他的觀點：你不能上臺，不是你沒有這個能力，而是不敢。正文部分列舉了很多例子來支撐和佐證自己的觀點，比如大學時追女生、競選班幹部，還有辭職創業貼小廣告的經歷以及和賈伯斯的對比，語言不乏幽默，最後再次強調、昇華自己的觀點，這就是使用了我們所說的 3S 總分總結構。

第二個方法：鑽石法則

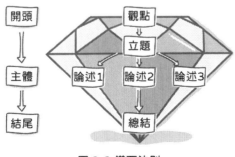

圖 3-2 鑽石法則

第三章

邏輯法則 —— 告別混亂，10 倍提升說服力

　　「鑽石法則」指的是「三段論三點式」，之所以有「鑽石法則」之稱，除了結構造型形似一顆鑽石，主要是因為這個法則對備稿演講和即興講話非常重要而且有效，可謂像鑽石一樣寶貴。為了讓大家對「鑽石法則」理解得更清楚，我們不妨分析一個案例。

　　在一次主題為「教育子女」的演講中，演講者說道：「各位主管，朋友們，你們好！我想談談自己的想法，我覺得教育子女是大事又是難事。家長對孩子心理成長的忽視會讓孩子感到孤獨。還有一些老師只是重視課程上的教授，在『高分優生』觀念的影響下，他們將對孩子的『德育、體育、美育』擺放到了次要地位，這造成了孩子們思想的偏見。成長中的孩子們在步入青春期後會在心理和生理上產生變化，導致他們的一些行為變得偏激和盲目，這時候他們很有可能和家長、老師產生矛盾，這一系列問題都不可小覷。」

　　這段演講的問題顯而易見 —— 訊息不少、思路不清，給聽眾一種混亂之感。如果遵循「鑽石法則」，可以以下這樣表達：

　　「各位主管，朋友們，你們好！我想談談自己的想法，我認為教育子女是大事又是難事，為什麼這麼說呢？第一，從子女自身因素來說，孩子在成長過程中思維也變得成熟，

他們有著自己的看法和打算，這些可能與家長的預期產生矛盾；第二，從家長教育方法來說，青春期的孩子們在情感和生理上都產生了變化，一些家長卻仍用教育小孩子的方法來對待，偏重責備和管制，忽視了他們心理的健康成長；第三，從老師的教育方法來說，老師是第二任家長，也是孩子成長中的最大幫手，然而，『高分優生』的論斷仍舊在學校中存在，一些老師們更加注重孩子們的學習成績，而對那些『德育、體育、美育』等課程較為忽略，造成孩子們認知的片面性。由此可見，要想找到教育子女的好方法，需要從孩子、家長、老師身上入手。」

前後對照一下，這段話按照「鑽石法則」進行修改後，同樣的內容表達起來就更加清晰易懂了。

「鑽石法則」的運用要點，核心是「三段論三點式」。首先，將講話分成三段：開頭、主體、結尾。演講者可以從某一點講起，慢慢地將話題展開，在確定將中心主旨表達出來後進行收尾。如此一來，整個結構就形成了「總 ── 分 ── 總」模式。其次，將主體部分分成三點來說，例如，三點意見、三點感想、三個理由、三點建議等，從三個方面來證明。最後，藉助序數詞讓內容條理化，例如，使用「第一、第二、第三」「首先、其次、最後」「其一、其二、其三」等引導詞將內容進行規劃。

第三個方法：W —— W —— H 問題解決邏輯

W：What —— 表達是什麼或是看現象。

W：Why —— 表達為什麼，即查原因。

H：How —— 表達怎麼做，即給方法。

為了方便記憶，大家可以用諧音的方式記成「問元芳」 —— 問題、原因、方法。

圖 3-3 W —— W —— H 問題解決邏輯

2017 年，我有幸受到一個讀書會的邀請，擔任跨年演講比賽評委之一。記得當時有位選手的演講主題是關於「謠言」，預賽時我給他的評價是邏輯有點混亂，主題不容易突顯，建議他主體結構採用 W —— W —— H 的邏輯修改一下。他很快在決賽前對演講的整體邏輯重新做了調整。經過修改，在決賽時，這位選手結構嚴謹的內容和出色的呈現為

他贏得了現場 100 多位聽眾的投票（評委只作為講評嘉賓，沒有評分權），成為這場跨年演講比賽的冠軍。

另外，W —— W —— H 邏輯還可以先講 Why，再講 How，最後講 What，這就是有名的「黃金圈法則」。比如：首先，我為什麼（Why）要創業，就是決定做創業這件事情的起心動念是什麼；其次，我是如何（How）創業的；最後我創業的結果是什麼（What）。

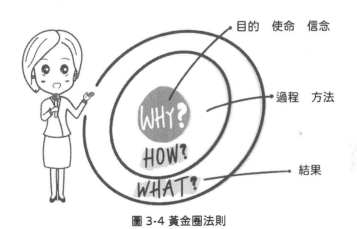

目的　使命　信念

過程　方法

結果

圖 3-4 黃金圈法則

這個法則最早由 TED（TED 是指 Technology、Entertainment、Design，中文翻譯為技術、娛樂、設計，是美國的一家私有非營利機構。每年 3 月，TED 都會邀請全美優秀人物分享他們在科學、文學、音樂、設計等領域的思想）的一位演講者西蒙・斯涅克（Simon Sinek）提出。「黃金圈法則」

說的是，在和人們溝通時，透過 Why —— How —— What，也就是從內圈到外圈的結構順序，向人們闡述你從事某項事業的動機（願景）—— 方法 —— 具體特徵，能夠更容易激發人們的熱情。

2015 年，Facebook（臉書）創始人祖克柏（Mark Zuckerberg）曾做過一次演講，他的框架就是「黃金圈法則」。第一層，他講了 Why，自己為什麼要做 Facebook，他認為能在網路上和人連線是非常重要的，他想把人們連線在一起；第二層，他講的是 How，如何改變世界，有了目標和使命之後，怎樣才能做好，他的回答關鍵是 —— 用心；第三層，他講了 What，他說改變世界會給你帶來什麼結果，可以成為全球主管者，可以提高人們的生活水準，可以用網際網路影響全世界。

第四個方法：FABE 銷售邏輯

F —— 特徵（Features）：指產品的特質、特性等最基本功能，要深刻去挖掘產品內在屬性，找出差異點。

A —— 優點（Advantages）：列出產品的優勢，產品特性究竟發揮了什麼功能，向顧客證明「購買的理由」，或者列出這個產品獨特的地方，比如：更健康、更安全等。

B——利益（Benefits）：這一點是這個方法的關鍵之處，要說清楚你的產品具體給顧客或者客戶什麼樣的好處。如果前面的優勢是賣點，那麼利益就是買點，一個是從產品角度闡述優點，一個是從客戶角度挖掘需求，以顧客為中心，強調顧客得到的利益，激發顧客的購買欲望。

E——證據（Evidence）：有沒有成功案例佐證，證明你說的話是真實的，或者展現產品的功能性。可以現場演示，列出證明等，資料一定要具有客觀性、科學性。

舉例：

F——特徵：這款手機採用的是德國蔡司公司的鏡頭，蔡司是世界上最專業的鏡頭製造企業。

A——優點：這款手機拍照很清晰，色彩度也很好。

B——好處：當你和你的孩子在一起的時候，你可以用這款手機清晰地將他可愛的童年時光捕捉下來，然後透過網路上傳，和朋友及時分享你的快樂與幸福。

E——證明：很多媽媽都很喜歡這款手機的這個功能，我們來拍個照看看它的清晰度吧。

FABE 銷售邏輯法就是先丟擲特徵，再解釋功能，然後闡述功能能夠帶來的利益，以及證明利益的證據。一套下來，邏輯清晰。

第五個方法：SCQA 邏輯

SCQA 是由麥肯錫公司第一位女性諮商顧問芭芭拉‧明托（Barbara Minto）在《金字塔原理》（*The Minto Pyramid Principle*）中提出。最早這個模型是為了指導麥肯錫內部新入職的諮商顧問如何更清晰、更高效地向客戶表達觀點。再後來，SCQA 不僅成為麥肯錫公司的內部表達規範，更是在整個諮商產業，甚至在整個商業界都得到了廣泛的應用。那麼，所謂的 SCQA 模型是什麼意思呢？

S —— 情景（Situation）：由大家都熟悉的情景、事實引入。

C —— 衝突（Complication）：實際情況往往和我們的要求有衝突。

Q —— 疑問（Question）：怎麼辦？

A —— 回答（Answer）：我們的解決方案是……

2020 年 9 月 1 日在「開學第一課」上，某國家傳染病醫學中心主任的分享開場就使用了 SCQA 模型。

S —— 場景描述：今天我們有機會坐在這個窗明几淨的課堂裡面，事實上，很多個國家今天的病毒還在蔓延。

C —— 點出衝突：所以同學們，在疫苗來臨之前，或者疫苗來臨之後，我們仍然會面對有可能會侵略我們的一些病毒、細菌。

Q——提出問題：我們怎樣才能做到讓自己非常健康地學習和生活呢？

A——解決方案：今天，我在第一課要非常鄭重地向大家說十條「健康寶典」建議。

SCQA 模型還有簡化版的使用，2006 年某節目現場，1 號選手透過四個問題和解決方案在兩分鐘內說出了自己的創業計畫。在 SCQA 邏輯中，他只使用了 QA。

各位評委，大家好，我的專案是某旅遊網，我的目標是把該旅遊網做成世界上最大的旅遊超市，讓所有的旅遊者和旅遊供應商能夠直接在這個平臺上進行交流和交易，來減少雙方的交易成本。

那麼，關於這個專案我想用下面四個問題進行說明。

第一，為什麼能賺錢？很簡單，因為我們已經幫助客戶賺到了錢，在我們的平臺上面有四萬家旅遊企業，很多旅遊企業都透過這個平臺找到了自己的合作夥伴，所以我們現在收費會員有接近四千家，這是第一。

第二，能賺多少錢？2004 年的時候我們網站的營收是30 萬元，2005 年我們網站的營收是 300 萬元，今年我們的目標是 800 萬到 1,000 萬元，目前已經完成了 50％，我想如果有 VC（Venture Capital，創業投資）的介入，我們的目標是到 2008 年做到 1 億。

第三，為什麼是我們？我想最重要的原因是我們的團隊，我們的團隊對旅遊產業的熱愛，還有就是團隊中間的四個人，有三個人都是大學同學，還有一個是老師，我們相識已經有 12 年了，但還有一個原因是我們三年來在這個產業裡面建立了一定的技術障礙和壁壘，也建立了品牌忠誠度。

第四，能賺多久？ 2005 年亞洲旅遊業的總收入是 7,600 億元，每年將以 10％的速度增加，到 2020 年的時候整個亞洲的旅遊收入達到 2.5 兆元。我想這是一個巨大的市場，也是一個值得我和我的團隊用一輩子時間去做的一件事情。

第六個方法：時間邏輯

1972 年，當代詩人余光中創作了一首現代詩歌〈鄉愁〉。詩中透過「小時候」、「長大後」、「後來啊」、「而現在」這幾個時序語貫串全詩，這首詩所使用的結構就是時間邏輯。

在演講中，時間順序是一種常用的方法，比如過去、現在、未來；昨天、今天、明天；上午、下午、晚上；初期、中期、後期。例如：

很多主管在公司年終致詞的時候會用這種結構，過去我們是如何一步一步走過來的，現在又取得了什麼樣的傲人戰績，未來，要百尺竿頭，更進一步，取得更大的發展。

再比如學演講的你可以這樣說：過去我沒學演講前是一名演講新手，上臺緊張，容易忘詞，眼睛不敢看下面的聽眾，而且邏輯混亂，毫無感染力；現在系統學習演講之後，我在臺上演講能做到從容自信，邏輯清晰，感染力強；未來我希望用演講的力量影響更多的人！

除了以上六種邏輯方法外，我們還可以運用以下七種邏輯方法來搭建自己的演講結構。

表 3-1 七種邏輯方法

邏輯方法	舉例
空間	上 —— 中 —— 下；左 —— 中 —— 右；前 —— 中 —— 後；裡 —— 外；遠 —— 近
並列	學習演講要多學習、多練習、多堅持
人物對象	公司 —— 顧客 —— 對手；學校 —— 家長 —— 政府
順序	第一步 —— 第二步 —— 第三步； 第一個環節 —— 第二個環節 —— 第三個環節
範疇	個人 —— 家庭 —— 國家；員工 —— 團隊 —— 公司
程度	最重要 —— 其次重要 —— 一般重要
正反	正確 —— 錯誤；好 —— 壞；優勢 —— 劣勢

最後我要特別強調一下，在邏輯表述中，要替聽眾設定路標，方便聽眾沿著設定好的路標來聆聽。有些人講話就像腳踩西瓜皮 —— 溜到哪裡算哪裡，講著講著自己都迷路了，

聽眾聽著聽著也迷路了，那是因為他們不會設定路標。

開車上高速公路，如果沒有路標指引就很容易迷路，講話也一樣，如果沒有線索，聽眾很容易會聽迷糊。怎樣設定路標呢？將你接下來要講的內容提前壓縮預告，比如在丟擲結論後，說「接下來我要講三點：第一點，關於……第二點，關於……第三點，關於……」要簡單明確，用三句話形成三個路標。聽眾聽著非常清晰，也不會輕易忘記。

所以從今天開始，關注自己的表達習慣，從覺察到刻意練習，讓講話更加有條理，更具說服力！

▌吸睛標題的設計技巧

下面這兩個標題，你認為哪個更吸引人？

★《時間管理技巧》
★《學好時間管理，讓你的收入增長 10 倍》

毋庸置疑，第二個標題更吸引人。因為其中直觀表明了學習這門課程帶來的利益好處。如果我們逛書店，看著書架上陳列的書籍時，通常被一本書吸引，停下腳步駐足翻閱，會是什麼原因呢？一般有兩個：第一是封面設計，第二就是書名。在文章的寫作中有一句話叫「題好一半文」，文章的標題就好比一篇文章的眼睛，透過它我們可以窺見文章的靈魂。

而在演講中，標題具有吸引力同樣很重要。但是很多人都不太重視標題的設計。比如我遇到一些學員的年終總結報告 PPT 標題都是千篇一律，諸如：「人力資源部 2020 年年終總結報告及 2021 年規劃」、「財務部 2020 年年終總結報告及 2021 年規劃」等，PPT 的封面頁就相當於一本書的封面，開啟的第一頁就進入聽眾的視線裡，如果太過普通，不容易讓人眼前一亮。

那麼，如何設計奪人眼球的標題呢？要遵循三個原則：

第一，簡單、準確，就是要圍繞主題，概括性要強，標題明確，不拖沓，不能太長，標題太長聽眾記不住。

第二，要具有利益導向，標題中告訴聽眾演講可以帶來的好處，關乎聽眾的利益。

第三，標題要有創意，為了吸引聽眾注意力，新穎、富有創意性的標題往往更容易博得聽眾的關注。

設計標題的 8 種方法

◆ 1. 對仗法

比如：《不忘初心，方得始終》

一位 CEO 曾經在某論壇上做過一次演講，標題為《大國重器，智造未來》，這八個字很是對仗，現在很多 PPT 演講，八個字對仗的主標題也是被經常使用。

◆ 2. 利益法

　　如今我們看到網路上很多標題，不論是新聞、文章還是課程，都會下一些具有噱頭的標題，當然我們不倡導大家以「標題殺人」，而是在依據核心思想的基礎上去巧妙構思標題，引發聽眾的關注或者聆聽的興趣。

　　比如我們前面所說的《學好時間管理，讓你的收入增長10 倍》，再比如《8 節課幫你塑造魔鬼身材》等等。

◆ 3. 文字包裝法

　　讓《大「咖」開啟你的心「啡」》，我們一看這個標題就知道是說關於咖啡之類的話題，這篇文章就是講述一個咖啡師的故事。

　　主題：《以心造物 如「木」春風》，分標題是光彩奪「木」、琳瑯滿「木」、耳濡「木」染、賞心悅「木」。主標題的「木」本來是「沐」，分標題裡的「木」原本都是「目」，所以一看到這個標題就知道這是與木頭相關的文章，所以標題設計很有創意。

◆ 4. 影視劇法

　　我們可以透過一些影視劇、歌曲的名字及當中流行的臺詞，作為標題設計的靈感來源。

比如：當年火紅的宮廷劇 —— 《甄嬛傳》，如果我們要做一個關於如何拒絕他人請求的演講，可以設計以下標題。

主標：《臣妾做不到》

副標：《合理拒絕他人請求的 3 個步驟》

再比如：《排程遇上分公司 —— 如何加強生產排程管理》，主標創意出自電影《北京遇上西雅圖》；《那些年我們遇到的難題 —— 一線員工常見五大難題解決辦法》，主標創意出自《那些年，我們一起追的女孩》。

以此類推，也可以引用流行歌曲作為演講的標題，比如《我的未來不是夢》等。

◆ 5. 製造懸念法

充滿懸念的標題能夠引發聽眾的好奇心和注意力，比如：《我被辭退了，但我好開心》，這個標題打破常規，正常被辭退都是件令人失落難過的事情，但是這個標題卻讓人很意外，原來演講中主講人講述的是因為當年自己被辭退，後面選擇創業並且獲得成功的故事。

◆ 6. 擬人法

把物比作人的標題設計，讓聽眾看了會認為標題很生動，並且留下深刻的印象，比如《別讓手機成為婚姻的「第三者」》。

◆ 7. 疑問法

　　疑問法是透過標題的疑問句式設計，引發聽眾思考，從而引起聽眾對演講的興趣，比如《你比五年前過得更好嗎？》。

◆ 8. 肯定法

　　肯定的句式標題，直截了當，不僅把演講觀點很鮮明地亮出來，讓聽眾一目了然清晰演講的中心思想，而且具有一定的號召性，比如《請永遠不要說你不會》。

▌一鳴驚人：精彩開場白的設計技巧

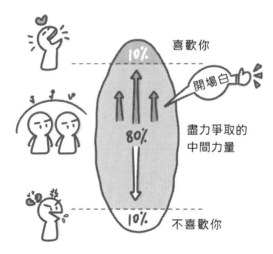

圖 3-5 橄欖核定律

在開場白中有一個橄欖核定律，指的是在沒做演講開場前，當聽眾看到演講者的第一眼，10%的聽眾第一眼就很喜歡，而10%的聽眾第一眼就會產生反感情緒，另外80%的聽眾是無感的，說明大部分聽眾是保持中立的態度。當你站在臺上開始演講時，80%的這部分中立聽眾是往上移動聚集在喜歡的部分，還是往下移動聚集在不喜歡的部分，取決於你的開場白。

所以，開場白做不好等於白開場。開場白的成功與否關乎著一場演講的成敗。

一般來說，開場白有四大作用。

★ 吸引聽眾的注意力。

★ 樹立權威，建立信任感。

★ 表明演講主題，概述要點。

★ 與聽眾建立良好的關係。

好的開場白，不但能迅速創造融洽的氣氛，拉近心與心之間的距離，還能一開始就牢牢抓住聽眾的心，使聽眾對演講內容產生一種強烈的渴望感，讓聽眾願意聽，繼續聽。

反之，如果演講的開頭不怎麼樣，就會讓聽眾馬上產生心理落差，一下子失去聽的興趣，而演講者的信心也會受到影響。

　　所以，優秀的演說家都會在演講開頭下一番功夫。他們會精心設計一個獨具特色、別開生面的開場白，力圖使演講一開始就能控制全場、抓住聽眾的心，以便博得聽眾的好感，為自己的演講成功奠定基礎。

　　精彩的開場白需要一定的技巧，並且這些技巧可以遵循一定的模式和規律。

　　演講的開場類型可以分為匯入型和過渡型。

匯入型開場白技巧

　　匯入型開場白的形式豐富多樣，選擇恰當的方法，不僅能巧妙地引出主題，還能激發聽眾的興趣。

◆ 1. 激發興趣法

　　在一個小鎮裡，整個小鎮的人都面臨著經濟危機，因為所有人都不在這個鎮上消費。這時候一群高中生拯救了這個小鎮，他們提出了一個方案，使這個鎮的 GDP 在一年之內翻了兩倍。你們猜他們怎麼做到的？

　　這樣的開場白成功激發了大家聆聽的興趣。曾經有一位學員在一次以「細節」為主題的分享中，開場是這樣說的：

　　大家來猜一下，有一棵高大的椰子樹，有四種動物：猩猩、猴子、人猿、金剛，你認為哪種動物會先摘到香蕉？其他學員的回答五花八門，但是這位學員聽後，說：「大家忽

略了一個細節，椰子樹上怎麼會長香蕉呢？」

這種開場不僅能吸引聽眾的注意力，引發聽眾的好奇心，也能讓演講者與聽眾產生互動，而且很好地引出了「細節」這個主題。以此類推，我們可以使用類似猜字謎等的開場白方式。

◆ 2. 戲劇性開場法

在一檔主持人比賽節目中，一位新聞類選手在開場說完，「大家好，歡迎收看《環球××》，我是××」後，突然停頓，正當大家都詫異她這個行為，甚至以為她忘詞時，她接著說，「就在我剛剛停頓的這幾秒鐘裡，在非洲，可能就會有一個人因為飢餓而離開這個世界……」，這個大膽創新的戲劇性開場方式，令人耳目一新。

這個方法不僅可以用在開場，也可以使用在正文內容中，曾經在分享熱門新聞時，有位學員分享了「家暴」這個主題，在演講過程中她突然停頓了大概 7 秒，隨後說，「在我剛剛停頓的這 7 秒鐘裡，就有一位女性被家暴」，震撼之餘也給人留下了深刻的印象。

◆ 3. 故事、案例法

開場講故事能快速吸引聽眾的注意力。可以講哪些故事呢？比如自己的故事、別人的故事、寓言哲理小故事等；也

可以使用案例，比如工作案例、熱門新聞案例等，生動的故事或事件往往能引發聽眾的興趣。接下來，我們舉個故事開頭的例子。

很久以前，當人還是赤腳走路的時候，有一個國王，他到偏遠的鄉間旅行，路面上有很多小石子，刺得他的腳又痛又麻。回到皇宮後，他下了一道命令，要將全國所有的路都鋪上牛皮，他認為這樣做不僅是為自己，還造福於人民。大臣們很苦惱，因為即使殺盡全國所有的牛也鋪不滿路。但是大臣們又不敢違抗國王的指令。正當大臣們一籌莫展的時候，有一位聰明的僕人大膽地向國王提出建議：「國王啊，其實不必這麼麻煩，只要用兩片牛皮來包住您的腳就可以了。」國王聽了當下領悟，採納了這個建議。據說這就是皮鞋的由來。這個故事告訴我們，當我們無法改變外界的時候，可以改變自己，今天我和大家分享的主題就是「改變自己」。

使用故事、案例開場要注意兩點：開場的故事一般要比較簡短，不能過於冗長；必須要與主題相關聯，造成匯出主題的作用，不是為了開場而開場。

◆ 4. 名言、詩詞、金句法

名言、詩詞、金句、常用諺語等，由於具有深刻的哲理、豐富的情感、優美的語言和耳熟能詳等特點，深受人們

的喜愛和傳誦，而且引用這些句子會讓演講具有權威性和說服力。

當球王比利（Pelé）踢進 1,000 個球之後，有記者問他：「在 1,000 個球中，你認為哪個踢得最精彩？」比利回答：「下一個。」所以，努力追求「下一個」是優秀運動員和各行各業菁英人物的共同品質。

◆ 5. 提問法

在演講開場向聽眾提問題，可以馬上引起聽眾的注意，便於演講者與聽眾產生互動而且也有利於主題的匯入。

一位演講者在分享《養老院的一天》中開場就問了兩個問題：

有一所養老院，硬體設施非常非常好，服務也非常非常好，你們願不願意把自己的父母送進養老院，同意的請舉手我看一下，沒有一個人，太嚇人了。第二個問題，當大家老的那一天，子女要把你送進養老院，你會不會同意，同意的請舉手，這個是有一些人舉手，有一些人沒舉手，我也不知道該如何選擇。我只能告訴大家我在養老院所看到的世界吧。

用提問開場，除了可以問聽眾外，還可以用設問的方式，自問自答。這種方式開場能引起聽眾思考和注意，同時也強化了主題，順利引出後面的演講內容。

◆ 6. 數據法

使用數據更有說服力，透過給觀眾帶來震撼的數據，引起觀眾對於主題的重視。

《一滴清水的珍貴》這篇演講，開場運用的就是數據：

經過聯合國的統計，每分鐘在非洲有一個小孩子因為水的問題而死亡，這也更意味著我們很輕鬆地轉開水龍頭的時候得到這一盆清水，有很多人必須要用生命去換取它。

在使用數據時，有三點需要注意。

標注數字的來源

演講者在運用數據開場時，出處點明來自於「聯合國的統計」。

把數據化抽象為生動

數據生動化，能夠讓死板的數據鮮活起來。比如某飲料的廣告語：「杯裝奶茶開創者，連續六年銷量領先。一年賣出七億多杯，連起來可繞地球兩圈！」如果說一年賣出七億多杯，我相信大家聽到這個數字一定感覺很抽象，沒概念。但是解釋成「連起來可繞地球兩圈」，馬上就給人很直觀的感覺。

數據的擴大和縮小使用

數字是有力量的！為了讓聽眾對演講內容更有感知，演講者使用數字時可以相應地擴大或縮小數字，讓觀眾產生共鳴。這是演講中非常有力的佐證，可以給觀眾信服感。

先來看一個數字擴大的例子：

賈伯斯要求工程師縮短 Mac 開機時間，大家對於這幾秒鐘的時間並沒有感覺，那賈伯斯該如何說服他們呢？賈伯斯說，「如果 Mac 賣出 500 萬臺，而每天每臺機器開機多花費 10 秒鐘，那加起來每年就要浪費大約 3 億分鐘，而 3 億分鐘至少相當於 100 個人的壽命」。賈伯斯將縮短 Mac 開機時間比喻為救人性命，這樣的說服方式產生了震撼人心的力量，讓工程師們心生使命感。賈伯斯在這裡將數字進行了擴大。

再來說數字縮小的例子，大家應該都有看過房子和車子的廣告，類似「一天少抽一包菸，BMW 開回家」，意向客戶看到這些廣告文案後會產生「買 BMW 並不會難以企及」的想法。這使用的是一種「價格分解法」，就是把價格分解到每月、每年、每時，透過縮小數字來促進成交。

因此，在演講中，為了更好地說服聽眾，演講者可以引用數據，並進行共鳴化包裝。

◆ 7. 視覺道具法

在開場白給聽眾展示某件實物，引起聽眾的注意，然後藉助具體的實物，提出和闡述自己的觀點和見解，順利把聽眾帶到自己的演講中來。

有一次，我受邀作為演講嘉賓做一場分享，聽眾是教育產業的校長，因為是在下午，大家明顯有點犯睏，當我察覺

到這種情況後，為了讓他們更專注地聆聽我的分享，準備來一個與眾不同的開場，先「喚醒」他們。

看到酒店現場有香檳杯，上臺時，我拿著一個香檳杯、一支筆，和在座的各位校長說：「在開場分享前我想和各位校長玩一個小遊戲，一會兒我會用筆敲擊杯子，『演奏』出一段歌曲的旋律，保證現場的每位校長都聽過這首歌，看看有沒有人最快猜到，猜到的朋友，可以獲得一份禮物（提前和主辦單位進行過溝通）。」之後我開始敲擊，這時候全場每一個人都豎起了耳朵認真在聽，第一遍沒有人猜對，我又敲擊了第二遍，這時候有人猜對了，順勢也達到了開場吸引聽眾注意的目的。

同時，這個遊戲也符合現場的聽眾。當遊戲結束時，我與大家說：「這個遊戲其實反映了一種現象，叫做『知識的詛咒』，說的是在別人學習我們已經掌握的東西，或是從事我們所熟悉的工作時，我們會錯估他需要花費的時間。就像我敲杯子的時候，認為自己敲得很清楚，因為我知道自己敲擊的是什麼歌，但是作為聽的人，你們可能會認為我敲得亂七八糟的。

同樣，我們從事教育產業，老師通常會受這種錯覺的影響，比如認為微積分非常容易的教師，在面對剛接觸這一科目或是學不好這一科目的學生時，往往不能從學生的角度考慮問題。

　　所以，在座的各位校長，這就是為什麼我們做教育的過程中，會出現感覺自己已經說得很明白了，甚至還做了示範，可你教的人，還是懵懵懂懂，怎麼也學不會的原因。因為你們所站的視角不同。老師系統全面地掌握了所有的知識點，而學生卻只掌握了區域性，如果老師還用專業晦澀的方式教授，難免會讓學生難以掌握，因此，我們在教學工作中，一定要避免『知識的詛咒』。」

　　因為這個「喚醒」開場，給我的演講做了一個很好的開端，所以當天演講很成功，我作為唯一的受邀分享嘉賓，現場的表現也被主辦單位總部的主管看到，並把我的分享影片拍攝下來發送到他們的管理群，並強調：以後分享嘉賓就按照這個標準來邀請。

　　運用道具時要注意三點：

★ 緊密結合正在講的內容。

★ 注意熟練操作，防止意外，避免弄巧成拙。

★ 選擇的道具最好顯眼、足夠大，方便所有觀眾看清楚。

◆ 8. 圖片法

　　圖片在演講中有吸引眼球、形象直觀、引發思考的作用。

　　比如使用《西遊記》師徒四人在一起的一張圖片舉例：

相信大家都看過這部經典的電視劇 —— 《西遊記》，

請問，大家看這張圖上有幾個人？有的人說 4 個，眼尖的夥伴說 5 個，沒有忘記把白龍馬算進去，但是實際上只有一個是人，是誰呢？唐僧。接著，再問一下大家，如果這是一個團隊，必須要裁掉一個，你們認為應該裁掉誰呢？很多人第一反應會說是豬八戒，因為豬八戒好吃懶做，還好色，但是各位，

我們一個個來分析下。

唐僧在團隊中是一個主管者的角色，專門指引方向，帶領大家前往西天取經；孫悟空，九九八十一難，一路斬妖除魔，他屬於業務能手，更是不能裁掉；沙僧能裁掉嗎？也不能，為什麼呢？大家發現沒，取經這一路，最累的活 —— 挑擔子是沙僧負責的，企業當中可以說 50％的人都是「沙僧」，把他裁掉了，公司也就涼了；最後再看最有爭議的豬八戒，據說有家雜誌社曾做過一個有趣的調查，《西遊記》中的師徒四人，唐僧、孫悟空、豬八戒、沙僧，你最想嫁給誰？出乎意料，豬八戒以 80％以上的票數高票當選。而在團隊中，豬八戒雖然好吃懶做，但是這一路他充當了一個什麼角色呢？開心果，團隊的氛圍調節者，沒有他，取經這一路得多寂寞。

在座的各位管理者，大家發現沒有，團隊中的每個人都有他的優點，真正優秀的管理者應該看到並且擅於充分發揮

成員的優點，從而打造一個高效營運的團隊。今天我要為大家分享的主題就是 —— 「如何打造卓越團隊」。

◆ 9. 影片法

2013 年 12 月，某演員被邀請做一場演講。在演講開始之前，他讓大家先看了一部卡通片，卡通片裡有一隻小熊在隊伍的後面排隊，它看到其中一邊人少就跑到那邊，誰知它剛換隊伍，又發現原來那個隊伍人少。它就來回奔波著，結果其他人都排到隊了，它還是沒排到。

卡通片播放結束後，這位演員說：「我想在生活中很多人排隊都遇到過這種情景，很多人還扮演著那隻小熊的角色。我們站在路的這一頭，看見一個路口，就想那個路的盡頭，一定有非常美麗的風景。於是我們就走過去了，走啊走，這邊又出現一個岔路口。於是，我們又往那兒走，就這樣反反覆覆地猶豫徬徨。有很多人問我，你是怎樣做到的，作為一個專業的職業演員，那麼好的年華，周而復始，反反覆覆地做一件事，只演一個人物？我會告訴他，我會用一輩子做好一件事！」

這個開場白非常巧妙地引出了演講主題 —— 一輩子做好一件事。

演講開場使用影片能夠吸引聽眾的注意力，在使用中要注意：

★ 影片不宜過長。

★ 播放的影片畫質要高，不能過於模糊。

★ 演講前，無論是插入 PPT 還是在檔案外播放，都要提前
試播一下，看看是否會出現影片播放不流暢等情況。

◈ 10. 時間軸做陳述和回顧

賈伯斯在 2007 年蘋果公司發布會上發表 iPhone 的演講
中使用的就是時間軸開場。

這一天，我已經期待了 2 年 6 個月，每隔一段時間，就
會有一個革命性的產品出現，然後改變一切。一個人一生能
參與一件革命性產品就夠幸運的了，而蘋果非常幸運，能夠
在過去的日子裡為大家介紹了這幾件產品：1984 年，我們發
布了 Macintosh 麥金塔電腦，它不僅改變了蘋果，也改變了
整個電腦產業；2001 年，我們發布了第一臺 iPod，它不僅
改變了我們聽音樂的方式，也改變了整個音樂產業。然而今
天，我們要發布三件這樣級別的產品：第一件，是一個觸控
控制的寬螢幕 iPod；第二件，是一個革命性的行動電話；第
三件，是一個突破性的網際網路通訊工具。

三樣東西，一個觸控控制的寬螢幕 iPod；一個革命性
的行動電話；還有一個突破性的網際網路通訊工具。一個
iPod，一個手機，一個網際網路通訊器，你們明白我說的是
什麼嗎？這不是三個獨立的裝置，這是一個裝置，我們把它

取名為 iPhone。今天，蘋果要重新發明手機。

賈伯斯沒有平鋪直敘地說「今天，我非常高興地宣布，蘋果第一代智慧手機正式發布了！這是一款結合了瀏覽器和 iPod 的新一代智慧手機，真的是太棒了」，而是把現場氣氛一步步帶向高潮。所以，精彩的演講是設計出來的。

◆ 11. 製造懸念

人們都有好奇的天性，一旦有了疑慮，就想探明結果。為了激發聽眾的強烈興趣，可以使用「懸念手法」。在開場白中製造懸念，往往會收到奇效。

有位退休的老主管，回到單位給年輕的主管做分享，開場時，老主管問：「大家知道，人是從哪裡開始老起的嗎？」聽眾甲：「大腦。」聽眾乙：「大腿。」聽眾丙：「肚皮。」老主管說：「我看有的人是從屁股開始老起的。」聽到這裡，全場哄堂大笑，老主管說：「某些主管不深入實際，整天泡在『公文海』裡坐而論道，屁股就受苦了，既要負擔上身的重壓，又要和板凳摩擦。這樣一來，那不就是從屁股開始老起嗎？」

答案在意料之外，但是回答又在情理之中，開場中，老主管的演說目的是要抨擊官僚主義。首先他利用提問的方式製造了一個懸念給聽眾，激發了絕大多數聽眾的積極性，緊接著他又給出一個意料之外的解答，製造了「第二懸念」，引發了聽眾情緒，也讓大家開始反思。

◆ 12. 歷史上的今天

這是一種萬能的開場白方法，我們在網路上可以搜「歷史上的今天」，比如今天是某年某月某日，你可以在網站上搜尋不同年分在同日發生的重大歷史事件，注意要選擇不同年分積極正面且知名的事件，這個開場的結構是：

A ＋ B ＋ C，即 A（歷史上的重大事件 1）＋ B（歷史上的重大事件 2）＋ C（今天的重大事件），在說完 A 和 B，引匯出 C 的時候可以來一句轉折句：而今天，也注定是一個不平凡的日子，因為今天……

過渡型開場白技巧

前面我們分享的 12 種開場白的方式都屬於匯入型，可以順利引匯出主題，其實，還有一些過渡型的開場白大家可以結合匯入型進行。

下面為大家分享以下兩種過渡型開場白技巧。

◆ 1. 讚美法

開場我們有個目的，就是拉近與聽眾的距離，讚美就是一個非常不錯的方式。

有位培訓師到一家電公司做演講，他的開場白是這麼說的：各位朋友們，你們好！今天很高興能和你們見面，因為你們是公司的驕傲，是你們讓成千上萬的家庭都能享受現代

化的產品。我在家開啟冰箱儲存食品、開啟洗衣機清洗衣服、開啟電視機觀看節目時，我在想，是你們 —— 家電公司的員工，創造了這麼多優質的產品；是你們這些無名英雄，創造了今天的公司，使公司取得了世界級的榮耀。我要再一次向你們 —— 無名英雄，致以最真誠的敬意。

除了讚美聽眾的職業和公司外，我們還可以讚美聽眾的學習熱情以及聽眾所在的城市等。

◆ 2. 幽默法

用幽默的話語開場，既能快速地吸引聽眾，引人發笑，又能活躍會場氣氛，讓人在笑聲中思考。

比如，下面這個例子：

西元 1862 年，美國著名黑人律師約翰・羅克勤在一次聽眾都是白人的演講會上，做了一場主題為「解放黑人奴隸」的演說。他上臺之後先是自我解嘲：「女士們，先生們，我來到這裡，與其說是演說，倒不如說是給這一場合增添一點點『顏色』……」他話還沒說完，臺下聽眾早已笑翻一片。

開場的禁忌

分享完這些實用的開場白，我們來看看開場白有哪些禁忌。

◆ 1. 自誇式

開場白雖然要樹立權威性，提升聽眾的信任度，但是切勿自誇過度，引起聽眾的反感，以及產生挑戰你的想法。

◆ 2. 自殺式

不能在開場說負面的話，比如，「不好意思，前一天加班，今天沒有準備，大家見諒」。我們在第一章強調過準備的重要性，如果今天你的分享是 1 個小時，現場 100 個人聽，那麼就浪費了 100 個小時，這對聽眾是很不尊重的，不僅會造成演講的失敗，更影響了你在聽眾心目中的形象。

◆ 3. 牛頭不對馬嘴

不能前面闡述「長江」的內容，後面就來個「黃河大合唱」。

◆ 4. 引言過長

開場白要避免冗長，一直進入不了主題，會讓現場的聽眾沒有耐心。

◆ 5. 專業的詞彙

避免在開場闡述過多專業的詞彙，讓聽眾不理解，也會讓聽眾覺得分享嘉賓過於刻意塑造自己的專業形象。如果為沒有大量使用英文交流的企業做演講，還時不時在分享裡夾

雜一些「散裝」英文，聽眾接收訊息會有所困難，若是關鍵訊息用了英文，無疑會讓整場演講效果大打折扣。

說完開場的重要性、方法和禁忌後，我們再來看看結尾。俗話說：「編筐編簍，重在收口。」如果演講者演講的開頭部分已經先聲奪人、不落俗套，主體部分也高潮迭起、驚喜不斷，最後再來一個出人意料、耐人尋味的結尾，那麼這個結尾就如同錦上添花，能帶給聽眾形式上的完美和精神上的滿足。

所以，結尾可以重複觀點，強化目標，也可以昇華主題，令人回味，或者引起共鳴，激發行動。與此相反，如果演講者的結尾部分，平庸又毫無新意、陳舊又蒼白無力，那聽眾就會覺得狗尾續貂，深感遺憾，失望而去。

▌餘味無窮：精彩結尾的設計技巧

既然結尾這麼重要，那常用的結尾方法有哪些呢？

總結號召法

總結式結尾就是在演講結束時，演講者用一段極其簡練的話來對前面講過的內容和觀點做一個高度概括性的總結，目的是突出中心、強化主題、首尾呼應，造成畫龍點睛的作用。

號召式結尾，就是演講者在演講結束時，以慷慨激昂、熱情澎湃的語言，對臺下聽眾進行呼喚，或提出希望、或展示未來、或發出號召，目的是引起聽眾的情感共鳴，盡可能促使聽眾做出某種行動。我們會發現很多勵志型的演講結尾都是使用號召式。

比如我們分享《高效時間管理技巧》這個主題，結尾可以這樣說：

今天我們學習了時間管理的三大技巧：二八時間管理法則、時間管理四象限法則、善於做計畫。有句話是這樣說的，我們無法決定人生的長度，但是我們可以決定人生的寬度和高度，希望在座的每一位朋友都能把今天學到的時間管理技巧運用在生活和工作中，不斷拓寬人生的寬度，活出人生的高度！

謝謝大家！

故事法

一般來說，在演講的最後講一個發人深省的故事來與演講主題呼應，能造成非常好的效果，因為好故事帶給聽眾的印象往往比簡單地敘述更加深刻。

在演講主題為《孝順這個詞，是由後悔構成的》演講中，演講者採用的就是故事式結尾。

古代有個人叫韓伯俞，母親在他犯錯的時候，總會嚴厲地教導他，有時還會打他。他長大成人後，只要犯錯，母親依然會如此教訓他。有一次母親打他時，韓伯俞突然放聲大哭。母親很驚訝，幾十年來打他，他從未哭過。於是就問兒子：「為什麼要哭？」韓伯俞回答說：「從小到大，母親打我，我都覺得很痛。但今天母親打我，我已經感覺不到痛了。這說明母親的身體越來越虛弱，我奉養母親的時間越來越短了。」

這個故事，真是讓人唏噓。父母在，人生即有來處；父母去，人生只剩歸途。

謝謝大家！

金句、諺語、詩詞、名人名言

演講結尾可以選用一些膾炙人口、哲理性強，或者抒情性好的現代詩、古詩詞、金句。

這種結尾方式不但能提高演講的等級，還會讓觀眾耳目一新，有如沐春風的感覺。

一位諾貝爾醫學獎得主在瑞典演講的結尾是這樣說的：

最後，我想與大家分享一首中國唐代有名的詩篇，王之渙所寫的〈登鸛雀樓〉：白日依山盡，黃河入海流，欲窮千里目，更上一層樓。請大家有機會時更上一層樓，去領略東

方文化的魅力，發現蘊含於傳統中醫藥中的寶藏！

這段結尾既彰顯了東方的文化魅力，又昇華了主題。

祝福式

不可否認，真誠的祝福或者熱烈的祝賀，最能打動人心，引起聽眾的情感共鳴。用祝福、祝賀等話語來結尾，能夠營造熱情洋溢、滿堂歡喜的氣氛，使聽眾在快樂中提升自豪感和榮譽感，也能激勵聽眾滿懷信心地去創造未來。

祝福式結尾分為節日型和非節日型。

節日型，就是逢年過節的祝福。

最後，在春節即將到來之際，我藉此機會向全市的父老兄弟、姐妹們拜個早年。祝老年人春節愉快、身體健康、萬事如意！祝中年人春節快樂、家庭幸福、事業成功！祝年輕人春節歡樂、愛情甜蜜、前程無量！祝大家年年幸福年年富，歲歲平安歲歲歡！謝謝大家！

非節日型，比如步入人生新的階段等。

從今天起，你們將跨入人生嶄新的階段，我祝賀你們，祝福你們，祝賀你們順利畢業，祝福大家前程似錦、一切平安！

幽默式

幽默的結尾方式既能引人發笑，又能引人深思。

在一次演說中，一位文學家上臺後，採用了開門見山

式的開場白，他一開口就說：「我今天主要跟大家談六個問題。」接著，他第一、第二、第三、第四、第五，按著順序一個個地談下去。談完了第五個問題後，文學家一看離散會的時間不多了。於是，他提高了嗓門，一本正經地說：「第六，散會！」聽眾起初先是一愣，但幾秒鐘後，現場聽眾馬上報以熱烈的掌聲。

首尾呼應式

首尾呼應就是演講的開頭與結尾相互照應，使文章渾然一體，並且造成了強調觀點的作用。比如一位職涯規劃師在 TED 中的一次演講 ——《做生活的高手》就是採用了首尾呼應。

開場白：

（擺了個功夫熊貓的姿勢）他們說我長得很像功夫熊貓，所以我就用這樣的方式開場吧。我有一個心理學老師，他是當代排名前列的催眠大師，他本人也是一個合氣道高手，他講過合氣道高手是如何訓練的，你會先走進一個房間，房間的四周貼滿了紙條，而四面八方會有很多高手向你攻過來，同時你要做的事情是什麼呢？就是一邊迎擊這些人，一邊讀出牆上的字。

結尾：

　　大家還記得一開始的那個故事嗎？經常會有人跟我說：「如果是你你會怎麼辦？」我有一個很好玩的答案，我想說，我會走到房間正中間，然後，哈，擺出一個姿勢，等到所有人都向我進攻的時候，我突然扭頭，隨便打倒一個離我最近的人，然後圍著房間跑一圈，把那些字讀出來，因為那才是我來到這個房間所需要做的事情，我不是為了打架而來，我是為了追尋夢想而來的。各位，什麼是生活的高手？專注於你的目標，專注於你的夢想，而不是你的敵人，不要把你的眼睛交給你的敵人，要交給你的夢想，盯緊它，向它大步跑過去，雖然途中會挨那麼幾拳，但是因為那是你的夢想，所以我想一定值得！謝謝。

　　前後的呼應，再次給聽眾強調了如何做生活的高手這個觀點。

排比式

　　我認為最典型的例子是馬丁・路德・金（Martin Luther King, Jr.）的演講：《我有一個夢想》。全篇都採用了排比的修辭手法。

　　這種方式可以把演講一步步推向高潮，若在最後結束的時候再次提出來，可以提升演講的感染力，讓聽眾加深印象。

　　同時，對待層層擴展、步步深入的排比句，演講者要逐步加大音量。一句比一句的氣勢更強，這樣能有效引導觀眾做出鼓掌的動作。

　　所有的方法都不是孤立的，往往可以綜合使用幾種方法，要隨機應變，靈活運用，才能達到畫龍點睛、錦上添花的效果。

　　學到的、聽到的不是你的，用起來才是你的！快去找舞臺實戰練習吧！

第四章

感染力法則
—— 打動人心，讓你的演講令人難忘

講話不吸引人，聽眾容易走神。如果你的演講無趣、枯燥，這時候，需要提升演講感染力。這就像一盤菜，僅僅只是好吃是不夠的，若在擺盤和配色等方面加以考究就會更加完美，因為形式和內容一樣重要。

下面兩句話，你認為哪句話更有感染力？

★ 請勿踐踏草坪。

★ 好朋友，別踩我，我會痛哦。

同一個意思，但是用不同的方式表達出來，內容的感染力差別會很大，前者官方，後者親和，因為後者使用了擬人的手法，所以更有感染力。

再看看這個故事：

在繁華的巴黎大街上，有一個衣衫襤褸、頭髮斑白、雙目失明的老人站在路旁。他沒有像其他乞丐那樣向過路的行人乞討，而是在自己的身邊立上一塊木牌，上面寫著：「我什麼也看不見！」街上過往的行人很多，看了木牌上的字都沒有任何表示。

這天中午，法國著名詩人朗·彼浩勒（Jean Pehale）來到這條街上。他看著木牌上的字，問老人：「老人家，今天上午有人給你錢嗎？」

老人嘆息著回答：「我，我什麼也沒有得到。」說著，他臉上露出了悲傷的神情。

　　朗‧彼浩勒聽了，拿起筆悄悄地在那行字的前面添上了「春天到了，可是」幾個字，然後就匆匆地離開了。

　　晚上，朗‧彼浩勒又經過這裡，問老人下午的情況。老人笑著回答說：「先生，不知為什麼，下午給我錢的人多極了！」朗‧彼浩勒聽了，摸著鬍子滿意地笑了。

　　為什麼詩人只是簡簡單單地添上幾個字，效果就大相逕庭呢？因為「春天到了，可是我什麼也看不見！」這句話激發了人的情緒，讓人忍不住對盲人產生同情之心。所以，語言是有魅力的，人們會被動情的語言所感染，從而做出相應的行為。那麼在演講中，如何讓演講更有感染力，進而打動聽眾呢？這一章將從內容角度進行分享。

█好故事讓影響力倍增

　　聽故事是人的天性，我們的祖先在遠古時期就開始圍著火堆講故事了。故事更容易進入我們的大腦、更容易引發共鳴，因為當中飽含了豐富的情感。當你試圖說服聽眾改變某個觀點和看法，從而改變他們的行為時，你可以嘗試運用故事這種柔性的力量。

　　有家企業要把一位工程師提升為總工程師，主管之間意見不統一。持反對意見的主管考慮到這個工程師在大學讀書的時候，違反了紀律，還受過處分，因此不適合晉升。

面對這種爭論不休的情況，人事處長在發言中穿插了一個故事：

「從前，有一個叫艾子的人，有一回他坐船外出，船停泊在江邊。突然，艾子聽到江底傳來一陣哭聲。

他很好奇是誰在哭，艾子細問，原來是一群水族在哭。艾子問：『你們哭什麼？』水族們紛紛說：『龍王有令，水族中凡有尾巴的都要殺掉。我們都是有尾巴的，所以都急哭了。』艾子聽了，深表同情。可往旁邊一看，他發現有隻青蛙也在哭。他很納悶，於是問：『你哭什麼？你又沒尾巴。』青蛙很委屈地說：『我怕龍王追查我當年還是蝌蚪的事！』」

就這樣，眾人在笑聲中統一了看法。

透過這個例子大家發現了嗎？如果人事處長也和其他人一樣試圖用大道理來表明自己的態度和立場，結果可能也是陷入兩派的口舌之爭，沒有一個最終的定論。所以要改變他人的看法，講故事是一種有效且高明的方法。

如今這個時代，我們要學會用講故事來塑造個人品牌，打造影響力。我們會記住比爾蓋茲、賈伯斯，不是因為了解微軟、蘋果的經營狀況，而是因為他們的故事。他們既是很會做事的人，又是很會講故事的人。

除了人需要講故事，我們會發現很多產品比如 LV、香奈兒等，也都擁有屬於自己的品牌故事，透過故事，能夠讓產

品更有溫度、更有情懷、更有附加價值，贏得更多消費者的認可和選擇。

我們可以講哪些故事呢？第一，講自己的故事；第二，講別人的故事，包括身邊人的故事、案例故事、名人故事、寓言哲理故事、童話神話故事和歷史故事。

我們說演講就是既要知道說什麼，也要知道怎麼說。講故事同樣如此，要講好一個故事，內容和演繹都很重要。以下我節選一位演講者的演講《父親》來進行分析。

1981 年元月 2 日，有一座軍火庫失竊了，被偷盜的軍火，手槍、衝鋒槍、半自動步槍一共 16 支，子彈 5,800 多發，手榴彈 60 多枚，這是近年以來在被偷盜軍火數量上難以企及的一次軍火失竊案。我父親當時在外地辦案被迅速地召回，他當時已經有兩個多月沒有回過家了，而這一次他連家門都沒有進一步，直接到了一線進行撒網式的搜尋，他先是在一個水庫邊找到了有手榴彈試爆的痕跡，然後在水庫邊的一張廢紙的背面找到了殘存的指紋和筆記，一步一步地壓縮著搜尋的範圍，因該區都是崇山峻嶺，搜尋難度非常大。

那一天他和兩名警員開著一輛吉普車一戶一戶地搜查，山中有一座老房子，平時並沒有人住，但那一天我父親在外面一看窗戶裡人影幢幢，他覺得有點奇怪，他跟另外兩個同事說：「你們在門口稍微幫我把風一下，我進去探探什麼情

況。」我父親推門進去，一推門，屋子中間一張大圓桌，七個壯漢「唰」地一下全部都站了起來，所有人都看著他。我父親進門第一件事情是看地上的鞋印，地上的鞋印跟當時失竊的軍火庫的鞋印高度吻合，他就大大咧咧地笑，一邊笑一邊往裡面走：「大家聊什麼呢？」所有的人都看向這七個人當中的一個，是這群人的頭目，這位頭目也沒有停，慢慢地向桌子的左後方挪動，後面有一張床，他慢慢地把手伸向枕頭的方向。我的父親一秒鐘都沒有停頓，一個箭步鑽到他的身後，右手先一步把手槍從枕頭下面抽出來，左手手臂鎖喉，右手手槍抵頭，然後對著所有人說：「不要動，全部都不要動，把槍放下。」剩下的六個人掏槍的掏槍，解衣服的解衣服，一圈一圈的手榴彈，情況萬分危急，怎麼辦？

出乎所有人的意料，我父親把左手鬆了下來，他不僅把左手鬆了下來，他還把右手那一柄手槍遞到了老大的手上，他不僅把那把手槍遞給了老大，他還掏出了自己槍套裡的那一把 64 式手槍放到了桌上，跟著自己的服務證一起推了過去。我父親從我小的時候就跟我說戰士的生命就是槍，任何時候槍不離手，但是在那一個瞬間，他把他的生命推了過去。其他人的槍都放了下來，頭目也回頭看他，問你什麼意思，我父親還是笑：「你知道就這個屋子我們已經盯了多久了，現在外邊裡三層外三層，軍方、警方已經全部圍死了，

裡面只要槍一響，外面立刻開火，一個人都活不下來，我保證。我今天敢進來，就根本沒想出去，我來是跟你聊聊天的，你是老大吧，你知道你今天偷的槍支彈藥的數量被法院抓了怎麼判都是死刑，我來是因為我這裡有條活路。如果今天你放下槍跟我走，我今天敢進來，就敢用我的命保你這條命不判死刑，你信我，把槍放下跟我出去，活路；你不信我，開槍，一起死，你選。」我父親後來說這是他人生中最漫長的兩分鐘，兩分鐘之後，老大放下了手中的槍，伸出了雙手，讓我父親銬上。出門上吉普車的後座把老大銬在吉普車後座的欄杆上，我父親才扭過頭小聲跟隨行的兩名警員說：「趕緊通知軍方過來。」十多分鐘之後，大批的作戰部隊趕到，真真正正地把這座房子裡三層外三層圍了起來，所有嫌疑犯一一被銬了出來，三名警員一槍未開，滴血未流，所有嫌疑人抓捕歸案，所有軍火完璧歸趙，震驚全國的槍支彈藥失竊案至此徹底告破。

在法庭判決的時候，我的父親出庭作證，據理力爭，認為主嫌有重大立功情節，最後法庭判決主嫌死刑緩期二年執行，因為主嫌在監獄中表現良好，減刑至二十年。審理結束後，這位老大的老父親，八十多歲，頭髮花白，涕淚橫流地登門致謝，感激我父親幫了他兒子。

父母是孩子永恆的生命範本，到底該怎麼做一個合格的

父親，也許我已經找到了答案。你想讓孩子成為一個什麼樣的人，你就先做一個那樣的人給他看。我的女兒，雖然妳現在還聽不明白妳父親的這篇演講，但我希望等妳到了我這個年紀，提到妳的父親時，妳也可以有好故事可以說，妳也可以自豪地微笑，妳也可以由衷地驕傲，獻給天下所有的父親。

這篇演講，可以說符合了講故事需要具備的很多亮點，我們從內容和演繹兩個方面來進行分析。

故事的內容設計

故事內容如何設計呢？根據這篇演講，我們從故事邏輯、細節描述、選材方向、啟發昇華這四個方面來分析。

◈ 1. 故事邏輯線清晰

<u>背景交代</u>

大的故事背景是這位演講者的女兒出生後，他透過反問自己如何做一個好父親，然後從父親身上尋找答案，引出自己父親的故事。小的故事背景是「有一座軍火庫失竊了，被偷盜的軍火，手槍、衝鋒槍、半自動步槍一共 16 支，子彈 5,800 多發，手榴彈 60 多枚，這是近年以來在被偷盜軍火數量上難以企及的一起軍火失竊案」，透過具體的失竊數量，讓聽眾意識到這起失竊案件的嚴重性。

衝突強烈

清代詩人袁枚《隨園詩話》中曾寫道「文似看山不喜平」，意思是寫文章好比觀賞山峰那樣，喜歡奇勢迭出，最忌平坦。演講也是如此，許多人演講失敗的原因之一在於內容平淡無奇，無論是故事情節還是情感，都無法引起聽眾任何的興趣，所以精彩故事需要具有強烈的衝突感，衝突感是講故事的核心。

試想下，如果《西遊記》中師徒四人很輕鬆取得真經，白素貞和許仙順利結婚生子，過上幸福日子，這種劇情還會吸引人嗎？顯然不會，因為沒有衝突。

衝突＝渴望＋障礙，師徒四人的目標是渴望取得真經，障礙是這一路的九九八十一難。白素貞和許仙渴望成為神仙眷侶，但是遇到了法海的百般阻撓。所以若只有障礙而沒有渴望、只有渴望沒有障礙，都不能構成真正的衝突。

在這篇演講中，父親進到老房子與歹徒鬥智鬥勇博弈的過程，堪稱「警匪片」的衝突片段。其實很多人都擁有好故事的素材，但是不知道怎樣講述故事，有的人把故事講得像流水帳，把故事講成了事情。

意外轉折

父親在和歹徒的博弈中，成功說服了歹徒投降。

故事結果

父親將歹徒抓獲後，在法庭判決時，又為他據理力爭，最終獲得減刑。

啟發昇華

對父親勇敢、智慧的品格進行讚揚，並且找到了如何成為一個好父親的答案：要做孩子的榜樣。

這篇演講整體故事邏輯很清晰，相當於呈現了一條演講的黃金拋物線：設定情節，進入話題，引發衝突，推向高潮，解決問題，給出結論。

此外，這個故事也具備了 5W1H 故事元素。

時間（When）：「1981 年元月 2 日」，時間一定要準確，不能模稜兩可，用「好像、應該」等不確定的詞語，會降低故事的真實性。

地點（Where）：某地區。

人物（Who）：父親、父親的同事、歹徒、歹徒的父親等。

事件起因（Why）：故事的背景。

經過（What）：故事的衝突和意外。

結果（How）：故事的結果。

◆ 2. 細節具體，身臨其境

這篇演講中最精彩的就是父親進到老房子裡和歹徒博弈的過程，扣人心弦。這段過程能形成這樣的效果在於有大量生動的細節描寫，讓聽眾彷彿身臨其境。

曾經有位學員在演講中分享了和媽媽之間發生的一個故事，有一段是這樣描寫的：

就在我話音剛剛落下的時候，我彷彿看見她的背影晃了一晃。那幾秒鐘，空氣好像都凝滯了，時間好像停止了流逝。然後她抬起手背，抹了抹臉，我看見她微微弓著的腰背輕輕顫抖著。

這些細節非常具有畫面感，將年邁的媽媽哭泣的場景描寫得令人動容。

◆ 3. 精心選材，符合主題

演講者從知曉父親為數不多的故事中，選擇這個抓捕偷盜軍火的故事來分享，一方面這起事件影響大，另一方面本身這個故事情節非常經典和精彩，所以，看得出來他做了精心的選材。

素材的選擇要符合所反映的主題觀點，而且要注重選材的品質。其實這就和選食材一樣，我們若要做一道番茄炒蛋，就不能選擇排骨和黃瓜，這是針對性問題。而且食材要健康有營養，相當於要選擇價值觀正確的素材。

◆ **4. 啟發昇華，巧設金句**

故事的結尾要有總結、有昇華、有啟發、有感悟、有號召。故事講述完之後，演講者在演講中做了議論抒情和啟發昇華。昇華時可以設計點題的金句，結尾的那句「父母是孩子永恆的生命範本」，就是一句能讓聽眾產生共鳴的金句。

故事的呈現演繹

故事如何呈現演繹呢？根據這篇演講的呈現技巧，從聲音模仿、肢體語言模仿、真情實感、道具運用這四個方面來分析。

◆ **1. 生動的聲音模仿**

講故事時，聲音要進入情境，掌握好語氣語調、處理好語速和節奏，比如根據情節要模仿不同年齡、不同性別、不同性格和不同身分的人的聲音，甚至要演繹出擬聲詞，比如關門聲「砰」、貓叫聲「喵」等。在父親與歹徒的博弈中，演講者模仿了人物對話的口吻，並且根據情感內容的不同，語速有快有慢，聲音的節奏感也掌握得很好。

◆ **2. 生動肢體語言**

講故事時要恰當運用表情、眼神和模仿性手勢。演講者在演講中，當分享到「右手先一步把手槍從枕頭下面抽出

來，左手手臂鎖喉，右手手槍抵頭，然後對著所有人說『不要動，全部都不要動，把槍放下』」這段話時，演講者做了生動的動作模仿。

◆ 3. 真情實感演繹

講故事要用真情實感去演繹，感情和故事要匹配，掌握好情感的變化。整個故事演講者都是帶著真情進行演繹，情感的變化也演繹得很細膩，所以才能達到共情的效果。

◆ 4. 巧妙藉助道具

講故事時，演講者可以巧妙使用實物道具、圖片、背景音樂、影片等元素。在演講中，演講者用了服務證、公文，不同情感下還用了不同的背景音樂，使用不同的音樂，能夠渲染氣氛，增強演講的感染力。

透過這篇演講，我們從內容和演繹兩個方面了解了講故事的技巧。

希望大家平時注意累積故事素材庫，拆解好故事的套路，反覆進行故事訓練，努力成為一個會講故事的人，同時，更要努力把自己的人生活成一個故事，這樣等年老的時候，才能和自己的孫子或孫女驕傲地分享：想當年，爺爺／奶奶我……

講故事小練習

　　運用以上講故事的方法嘗試分享一個自己或者身邊人的故事吧！

▌金句讓演講更有傳播力

　　「願十年後我還給你倒酒，願十年後我們還是老友」、「最怕不甘平庸，卻又不願行動」這是來自一個酒瓶身上的金句；「種一棵樹最好的時間是十年前，其次是現在」、「萬物皆有裂痕，那是光照進來的地方」，一位演講者每一次的分享都有很多閃爍著智慧光芒的金句出現。

　　2021 年 11 月 13 日，我和團隊舉辦的「勇敢 Talk」分享盛會上，13 位分享者在演講中也是金句頻出，這些金句或啟發人心、或引人深思、或令人振奮。「因為不了解，所以有誤解；因為有偏見，所以看不見」、「真正的衰老，是從停止學習開始」、「這個世界根本不存在不會做、不能做，只有不想做和不敢做」……

　　什麼叫金句呢？金句指的是像金子一樣有價值、寶貴的話。恩格斯（Friedrich Engels）曾經說過，「言簡意賅的句子，一經了解，就能常常記住，變成口語。這是冗長的論述絕對做不到的」。簡練乾淨的語言使人神清氣爽，聽得明

白；冗長囉唆的語言，讓人糊里糊塗，不明所以，金句的魅力在於：一語勝千言。

金句有四個特點：

★ 簡短精練，一般都是一兩句話。
★ 朗朗上口，讀起來有節奏感。
★ 易產生共鳴，易帶動情緒，易引發思考，衝擊力強。
★ 昇華主題，容易傳播，影響力大。

金句一般多為觀點型句子，啟發感強，與演講的中心思想相關。放在演講的開頭，產生共鳴，吸引讀者；放在演講的結尾，總結全文，發人深省。

金句的設計技巧

金句的作用這麼大，在演講中，除了可以引用別人的金句外，我們自己有能力設計金句嗎？答案是能！因為金句的設計是有跡可循的，下面我為大家分享 12 種金句的設計技巧。

◈ 1. AB、BA 型

比如：

★ 不要問國家為你做了什麼，而要問你為國家做了什麼。
★ 人類必須終結戰爭，否則戰爭就會終結人類。

你也試著創造一個 AB、BA 型的金句吧！

◆ **2. 選擇關係**

與其……不如……

與其坐在別處觀望，不如在這裡並肩。

為了鼓勵學員上臺，我寫了一條金句：與其坐在角落仰望別人的光芒，不如登上舞臺綻放自己的精彩！

要麼……要麼……

要麼出眾，要麼出局！

可以……不能……

你可以一天整成一個大明星，但是你不能一天讀成林徽因。

不在乎……在乎……

不在乎天長地久，只在乎曾經擁有。

可以……不可以……

你可以嘲笑我，但是不可以嘲笑我的夢想。

你也試著創造一個選擇關係句式的金句吧！

◆ **3. 詞語有共性**

比如：

★ 你只看到了他的本事，卻忽略了他的本質。

★ 做事不能光看效率，還要看效果。

★ 年輕時不要太在乎成敗，更重要的是成長。

★ 在方向上不能有「偏差」，在行動上不能有「溫差」，在成效上不能有「落差」。

你也試著創造一個詞語有共性的金句吧！

◆ 4. 韻母押韻、字數相同

比如：

今天這個獎盃到了我手裡，它並不是代表了我到了多高的高度，而是代表了我剛剛上路。

再比如：

人生中的每一個正確的方向，都在為你累積無窮的力量。

這兩句話是不是都有一種朗朗上口的感覺？原因就在於：不僅字數相同，而且每句話的最後一個字，韻母和聲調都是相同的。

你也試著創造一個韻母押韻、字數相同的金句吧！

◆ 5. 顛倒片語

比如：

★ 善於計算是一種能力，喜歡算計則是一種心機。

★ 美好的回憶叫做故事，糟糕的經歷叫做事故。

你也試著創造一個顛倒片語的金句吧！

◆ 6. 同音不同字

比如：

★ 不要讓那些信心滿滿的計畫，到頭來淪為紙上談兵的笑話。

★ 總有些人自己缺乏毅力，卻抱怨平日裡沒人鼓勵。

★ 如果你的行為始終高尚，自然有人把你放在心上。

★ 長得漂亮是優勢，活得漂亮才是本事。

你也試著創造一個同音不同字的金句吧！

◆ 7. 對比

比如：

★ 人生近看是悲劇，遠看是喜劇。

★ 這是一個最好的時代，也是一個最壞的時代。

★ 窮則獨善其身，達則兼濟天下。

★ 經歷過雪上加霜，才能有資格錦上添花。

★ 物質上越是耀武揚威，精神上就越可能山窮水盡。

★ 既要有低頭做事的踏實，也要有抬頭看天的智慧。

你也試著創造一個對比的金句吧！

◆ 8. 時間句式

比如：

十年前，你說生如夏花般絢爛，十年後，你說平凡才是唯一的答案。

你也試著創造一個時間句式的金句吧！

◆ 9. 轉折關係

……但是……

它很醜，但是它能帶你去想去的地方。

……可是……

條條大路通羅馬，可是我不想到羅馬。

不是……而是……

不是實體經濟不行了，而是你的實體經濟不行了。

有位學員曾分享自己的演講成長歷程，結尾的金句鼓舞人心：「沉默並不可怕，可怕的是你連沉默的機會都不給自己。」這也是一種轉折關係的金句。

你也試著創造一個轉折關係的金句吧！

◆ 10. 因果關係

比如：

因為信任，所以簡單。

你也試著創造一個因果關係的金句吧！

◆ 11. 並列關係

比如：

一面是科技，一面是藝術。

你也試著創造一個並列關係的金句吧！

◆ 12. 遞進關係

不止……還有……

生活不止眼前的苟且，還有詩和遠方。

越……越……

越自律，越美麗。

沒有……只有……

人生沒有如果，只有後果和結果。

你也試著創造一個遞進關係的金句吧！

如何培養設計金句的習慣

分享了金句的設計技巧後，我們如何培養自己設計金句的意識和習慣呢？

◆ 1. 蒐集金句

平時要善於觀察和累積，比如可以從書籍、雜誌、捷運、公車廣告、影視劇、短影片、交談甚至思考過程中累積素材。

◆ 2. 分析金句

對於你平時蒐集來的金句，需要進行整理歸類，要思考這個金句可以用在哪裡，用在什麼場合，造成什麼作用，最後透過分析找到其中的規律與方法。

◆ 3. 模仿金句

看到好的金句有意識地累積下來之後，可以拆解它其中的套路，在原有的基礎上借鑑、修改、模仿，最後形成自己的金句。

◆ 4. 創作金句

在經歷前三個階段後，我們可以嘗試自己原創設計金句，透過熟能生巧不斷精進。

多使用意義凝練、力量非凡的金句，越凝練，越有意義的句子，越具有傳播性。從現在開始，為自己的演講設計一些格調高的金句吧！

█高度概括讓語言更精準

　　想必很多人都聽過出門的四字口訣 ——「伸手要錢」，指的是外出不要忘記帶上身分證、手機、鑰匙和錢包，雖然現在錢包已經基本不需要了。大家會發現透過口訣記憶，能把內容記得更牢，這當中運用了一個重要的方法 —— 高度概括。

　　為什麼要對演講中的內容進行高度概括提煉呢？原因很簡單，方便聽眾記憶，如果是即興演講，自己也不容易忘記，可以快速構思，並能有所亮點。

　　如何做到高度概括？接下來我分享九種實用、易學的方法。要注意的是運用每個技巧提煉出來的關鍵詞都可以進行具體的闡述。

同字壓縮法

　　指的是字數相同有共性。比如創業需要「許三多」精神，分別是多想、多闖、多做；我的演講之痛是開頭難、結尾難、幽默難；想成為一名優秀的演講者，要有知識的廣度累積，要有溫度的情感表達，要有思想的深度剖析。

同音不同字法

　　比如，一位人力資源經理是如何對待人才的呢？她歸納為要做到甄、珍、爭：第一個甄，是要甄選人才；第二個珍，是

要珍惜人才；第三個爭，是要給人才創造一個公平競爭的環境。

在某檔節目中，一位創始人分享了一篇演講 ——《我是一個「醬」人》。他運用三「ㄐㄧㄤˋ」—— 倔強的「強」、醬汁的「醬」、工匠的「匠」進行分享，根據這三個「ㄐㄧㄤˋ」講述自己的創業故事，讓現場聽眾，包括投資人了解了他的創業初心和創業情懷。

成語、典故法

曾經有位從事護理師工作的學員，用成語「三心二意」來分享作為一名護理師應該如何對待患者，乍一看這個成語是貶義詞，但是她把「三心」和「二意」進行拆解，三心指：愛心、耐心、細心。二意指：對待患者要有誠意；要讓患者滿意。採用貶義詞褒用的方式進行高度概括，不僅好記，而且非常有新意。

有位企業家在談到創業者必備的基本素養中，用了一個成語概括 ——「信口開河」，同樣也是採用了成語貶義詞褒用的方法：

★「信」—— 誠信經營。

★「口」—— 口才能力。

★「開」—— 開拓進取的精神。

★「河」—— 通「合」，指的是合作雙贏的理念。

除了使用成語，也可以用典故來進行高度概括。我曾看過一篇文章巧妙使用了中醫當中的一個典故 ——「望聞問切」。文章標題是《「望聞問切」用中醫思維為民服務》。

以「望」為立足點，走訪體察民情，切實做到用心關注；以「聞」為突破點，深入群眾聽民意，切實做到耐心傾聽；以「問」為切入點，切實做到問計於民；以「切」為落腳點，想方設法解民憂，切實做到精準施策。

打比方法

優秀的演講者都善於使用打比方。在高度概括中，如果使用打比方，演講形式會令人耳目一新。現在大家對比以下兩篇演講稿，你認為哪一篇更生動呢？

第一篇

親愛的同仁：

大家好！長江後浪推前浪。恭喜你們成為新一代管理者，擔任此重擔。此職位非同小可，是我們政府的重點產業，所以我臨別之前，分享三點建議給大家：

第一，希望你們要時刻保持一個清醒的頭腦。頭腦清晰，思路明確，統籌安排，我們就能做出科學的決策。決策科學，我們才能少走彎路，才能長遠合理規劃。兼聽則明，偏聽則暗，希望你們能夠多多蒐集資訊，整體規劃，時刻保

持清醒的頭腦。

　　第二，希望你們能夠廉潔奉公，以身作則。面對種種誘惑莫伸手，努力打造風清氣正的團隊。把廉政作為重點工作考核，增強每個同仁的責任感和危機感，不為名利失心，不為權慾薰心，不拿群眾一針一線，時刻保持公正廉明，真正為民服務！

　　第三，希望你們勤下基層與民眾打成一片，多傾聽民眾的心聲，解決民眾的切實困難，不要總是高高在上，脫離民眾。一定要心為民所繫，權為民所用，利為民所謀，一切以人為本，真正做人民的公僕。以上三點建議，希望同仁們切記在心。

　　謝謝大家！

第二篇

　　親愛的同仁：

　　大家好！長江後浪推前浪。恭喜你們有為的一代管理者能夠擔任此重擔。此職位非同小可，是我們政府的重點產業，所以，我臨別之前，沒有什麼東西送給大家，就送大家「三盆水」吧。

　　第一盆水，希望你們經常「洗洗頭」。希望你們時刻保持一個清醒的頭腦。頭腦清晰，思路明確，統籌安排，我們就能做出科學的決策。決策科學，我們才能少走彎路，才

能長遠合理規劃。兼聽則明，偏聽則暗，希望你們能夠多多蒐集資訊，整體規劃，時刻保持清醒的頭腦。所以，第一盆水，希望大家一定要「勤洗頭」，洗掉舊框框，洗掉舊思維，洗掉短期行為，永遠不要讓大腦鬆懈！

第二盆水，希望你們經常「洗洗手」。希望你們能夠廉潔奉公，以身作則，一身正氣，兩袖清風。面對種種誘惑莫伸手，努力打造風清氣正的團隊。所以，第二盆水，希望大家要「勤洗手」，把廉政作為重點工作考核，增強每個同仁的責任感和危機感，不為名利失心，不為權慾薰心，不拿群眾一針一線，時刻保持公正廉明，真正為民服務！

第三盆水，希望你們經常「洗洗腳」。希望你們勤下基層與民眾打成一片，多傾聽民眾的心聲，解決民眾的切實困難，不要總是高高在上，脫離民眾。一定要心為民所繫，權為民所用，利為民所謀，一切以人為本，真正做人民的公僕。所以，第三盆水，希望大家要「勤洗腳」，洗掉疲勞，洗掉惰性，洗出腳踏實地勤政為民的作風。

以上三盆水送給大家，希望同仁們切記在心，經常「洗洗頭」，經常「洗洗手」，經常「洗洗腳」，用好這三盆水。

謝謝大家！

很明顯，表達同樣一個內容，經過設計，第二篇用「三

盆水」來表達會更吸引聽眾，也會給聽眾留下深刻的印象。同理，類似的「三把火」、「三把斧」等高度概括運用在演講中，都會提高演講的效果。

再比如，用「望遠鏡」、「顯微鏡」作比方，善於用好「望遠鏡」，解決研究視察前瞻性不足的問題；善於用好「顯微鏡」，解決研究視察針對性不足的問題。運用打比方做高度概括，語言形象生動。

曾經有位學員在分享主題「人生處處是考場」時，用人生會遇到的三道考題打比方：選擇題、填空題、問答題，再分別舉例說明應該如何應對。

還有位學員在分享「細節」這個主題時，用「細節之花」來高度概括入住一家五星級酒店全程的感受，其中，用花蕊代表她和奶奶，用五片花瓣代表酒店的細節服務優勢，分別從預訂服務、入住服務、客房體驗、急救服務、退房服務這五個部分展開，採用了時間邏輯，這樣聽起來不僅邏輯清晰，而且形式新穎，令人印象深刻。

一句話概括法

一句話概括法就是用一句話作為提煉的方式，方便記憶。

　　有一位在醫院工作的學員，有一次她要參加健康演講比賽，主要分享的是幽門螺旋桿菌的危害和預防，當時我們設計了一個標題是「小『幽』患大胃病」，在預防這個重要的內容部分，我們高度概括為「保食潔」，讀音上通「保時捷」，分別指的是「保胃、分食、清潔」。最後說到，如果做到以上這些要求，就像坐上保時捷跑車，能遠遠地把幽門螺旋桿菌甩在身後。這樣一說，讓聽眾好記又耳目一新。

　　再比如，用「高富帥」來分享當今講師的標準要求。

　　當代社會，衡量一個講師或培訓師是否合格的標準就是：「高」、「富」、「帥」。

　　「高」，不是講師身高要高，而是對自己的要求要高。現代社會發展迅速、知識技能更新換代極快。一個講師要時刻保持危機感，掌握時代脈搏，及時提升自己，及時更新自己的授課內容和方法。

　　「富」，不是指講師得多有錢，而是他的學識要豐富，特別是他所講的課程領域，一定要足夠深、足夠廣。在此基礎上再不斷涉獵其他領域的知識。有真才實學才能在授課中做到遊刃有餘，才能讓學員有真正的收穫。

　　「帥」，不是指講師要長得好，而是指講師要懂得管理形象，「佛要金裝，人要衣裝」。管理好自己的形象既是對自己的尊重，也是對別人的尊重，更是職業形象的展現。

借用數字法

比如，魅力口才的「五個一」，指的是「一首歌、一首詩、一個故事、一個笑話、一副對聯」。比如，乾粉滅火器使用口訣：一搖、二對、三拔、四壓。

我曾經在輔導一位學員職位應徵時，使用「四有青年」高度概括他的優勢，分別指的是有專業、有業績、有拚勁、有溫度。

單字提煉法

這個方法是把每個部分的重點提煉成一個字。比如，某個線上超市，在歸納自己的優勢時就使用了單字提煉法。

總共五個字：鮮、安、正、快、省。鮮，指的是冷藏保鮮；安，指的是安全檢測；正，指的是正品保障；快，指的是 30 分鐘到達；省，指的是品牌折扣。

語言凝練，讓使用者對這個線上超市的優勢記憶更深。

詞性對仗法

比如，九字管理方針「定策略，搭團隊，帶隊伍」，都是動詞加名詞，字數又相同，非常對仗。

英文壓縮法

對於英文不錯的人來說，適當地運用英文縮寫來進行高度概括也能造成獨特的效果。英文壓縮法就是提煉出每個字母的首字母再組合成一個英文，比如 「SWOT 原則」，指的是 Strengths（優勢）、Weaknesses（劣勢）、Opportunities（機會）、Threats（威脅）的首字母縮寫。

以最少的語言表達出最多的內容，要做到語言的簡潔，必須對自己要講的內容經過認真的思考，並抓住要點，明確中心。如果事前把這些梳理清楚了，在演講時就不至於拖泥帶水。同時，要注意文字的錘鍊和推敲，做到精益求精，語言的高度概括會使你的演講內容更容易讓人記住，語言層次也能升上一個新的高度。

有一句話是這樣說的：「能把一句話說成十句話的人是語言的庸才，能把十句話說成一句話的人是語言的天才。」學會高度提煉，精準又精煉地表達觀點，但同時要注意，高度概括的語言要讓聽眾明白，而不是製造一些詞讓聽眾費解。

▋修辭手法讓演講更生動

演講內容中，如果說嚴謹的邏輯結構是左腦的理性思維，那麼生動的修辭手法就是右腦的感性思維，運用修辭手

法，能讓語言更加生動，富有感染力。有哪些修辭可以運用在演講中呢？接下來我分享五種方法，重點分享第一種。

類比讓表達更易懂

我曾經參加過一次培訓活動，一位心理學專家的分享很精彩，亮點在於他的語言非常生動，比如，談到家庭中夫妻兩個人的關係，他是這樣講的：

男人像樹，女人像藤，如果樹長藤不長，這棵樹就有可能被其他藤纏上，反之，如果藤長樹不長，這條藤也會有可能繞到其他樹上。得出的結論是：夫妻兩人在婚姻關係中一定要共同成長。

用「藤」和「樹」來說明夫妻關係，這種方法就叫做類比，這樣的表達方式令人印象深刻，也能增強說服力。

類比是一種修辭手法，通俗理解就像一座橋，能把你未知的事物連線到已知的事物，幫助你「秒懂」未知事物。

下面是四個類比的用法。

◆ 1. 強調重要訊息時可以使用類比

一位專家曾經強調如何建立團隊的時候，打過一個比方，他說：「如果僱一個非常好但是並不適合的員工，這就像把波音 747 的引擎安裝在一個破爛的交通工具上，雙方都沒有發揮應有的作用。」非常生動形象。

◆ 2. 解釋複雜概念時可以使用類比

　　在解讀《反脆弱》（*Antifragile: Things That Gain from Disorder*）這本書時，一位老師為了說明什麼是「反脆弱」，他打了三個比方。

　　把一個玻璃瓶扔在地上會碎裂，玻璃瓶在面對不確定的事時會受損，這叫脆弱；把一個鐵球扔在地上它不會有太大變化，鐵球在面對不確定時可以保持不變，很堅固穩定，這叫堅強；把一個乒乓球扔在地上它會彈起來，乒乓球在面對不確定時不僅沒有被摧毀或者不變，而是順勢抬高，這個能力就叫反脆弱。做到在不確定環境中受益，這就是反脆弱。這個類比快速讓聽眾理解了了什麼是「反脆弱」。

　　一位教授在討論「生第二胎必須經過老大同意嗎」這一個辯題的時候，提到了 3 個經濟學術語 —— 零和遊戲、負和遊戲以及正和遊戲。對於不了解經濟學的觀眾，聽到這 3 個概念會一臉茫然。但是他只用了一個簡單的類比，就讓所有人都聽懂了這 3 個專業術語：

　　一個籃球給了弟弟，哥哥就沒得玩了，弟弟的所得恰好等於哥哥的所失，這叫零和遊戲；弟弟和哥哥兩個人爭這個球，打得頭破血流，球沒有增加還流了血，這叫負和遊戲；弟弟和哥哥一起玩球，玩得很開心，他們都覺得比自己一個人玩還開心，這叫正和遊戲。

你看，這樣解釋，再晦澀難懂的經濟學概念，外行人也能輕而易舉地理解了。所以說大道至簡，真正的表達高手往往能把複雜的事情簡單化，深入淺出地照顧到更多層級的聽眾，讓別人聽懂他講的話。

從事培訓工作這麼多年來，我接觸了各行各業的學員，發現醫療、金融、IT 等領域的學員做分享時，會習慣性地使用一些專業術語，對於普通聽眾來說，若內容過於艱澀難懂，會不容易理解，影響訊息的接收，也很難有興趣聽下去。所以演講稿要拋棄這些晦澀深奧的書面語言和專業術語，盡量使用直白的話語，力求簡單明瞭、淺顯易懂，此時，類比這個工具就很好地派上用場了。

◈ 3. 引發聽眾思考時可以使用類比

如果有一家銀行每天早上都在你的帳戶裡存入 86,400 元，你需要把它們都花完，不能留到第二天。如此循環往復，你會如何處理這筆錢？

其實，每個人都有 86,400 元錢。因為每天有 24 個小時，每個小時是 60 分鐘，每分鐘是 60 秒，加在一起就是每天擁有 86,400 秒，第二天還會擁有同樣的 86,400 秒。請問，你會如何花掉這些時間呢？

◆ 4. 提高表達的藝術性時可以使用類比

　　一位演講者曾經做過《人要像樹一樣活著》的演講，非常精彩，運用的也是類比法。

要像樹一樣活著

　　我們每個人都有兩種生活方式，第一種是像草一樣活著，你儘管活著，每年還在成長，但是你畢竟還是一棵草，你吸收雨露陽光，但是長不大，人們可以踩過你，但是人們不會因為你的痛苦，而產生痛苦，人們不會因為你被踩而來憐憫你，因為人們本身就沒有看到你。所以我們每個人都應該像樹一樣成長，即使我們現在什麼都不是，但只要你有樹的種子，即使被踩到泥土中間，你依然能夠吸收泥土的養分，自己成長起來。當你成長成參天大樹後，遙遠的地方，人們就能看到你，走近你，你能給人一片綠色。活著是美麗的風景，死了依然是棟梁之材，活著死了都有用。這就是我們每一個同學做人和成長的標準。

　　以上介紹了四個類比的用法，如果希望類比衝擊力更強，可以使用道具。

　　1938 年秋天，一位將軍向幾萬人發表演講，鼓勵他們抗戰。將軍出場時，只見他左手握著一株小樹，將一個草編的鳥窩放在樹枝的枝椏間，鳥窩裡有幾個鳥蛋。下面的人都愣住了，不知他這是要幹什麼。

　　這時，將軍開口說話了，他說：「大家知道，先有國家，然後才有小家，才有個人生命的保障。我們的國家遭到了侵略，我們都要用自己的雙手保衛她，那就是起來抗戰。如果不抗戰……」說到這裡，他手一鬆——樹倒了、窩摔了、蛋破了。

　　在這裡，將軍用小樹比作國家，用鳥窩比作家庭，用鳥蛋比作個人，用握著小樹的那隻手比作捍衛國家的人。在這裡不言而喻了，如果國家都滅亡了，小家也將不復存在，個人的生命安全也將受到威脅。他透過類比以及實物的展示，讓演講更真實生動，衝擊力強，提高了說服力。

　　特別需要注意的是，視覺化類比，參照物要形象具體，並為聽眾所熟悉，參照物本身的衝擊力越強，效果越好。

　　其實，類比不僅可以使用在某個片段，整個內容的設計也可以使用類比。

　　我們機構有一個演講俱樂部——「愛分享」，是專門提供給學員的一個實戰演講訓練平臺，每一期活動主持人也是由學員擔任，在一期活動上，有位學員的主持非常具有創意。他以模擬「乘坐班機」為主線，在「乘機」音樂的渲染中歡樂「起飛」。「航行」過程中，主持人化身為「機長」，其他夥伴們化身為「機組人員」和「乘客」在空中開了一場演講 Party，「班機」到站後，熟悉的「下機」音樂響起時，

「機長」還貼心地為大家準備了「下機」禮物。

這場精心準備、溫情滿滿的旅行，給我們留下很多歡樂和感悟。這個形式的類比非常有創意，現場沉浸式的氛圍也營造得很好。

類比小練習

用類比的方法，生動地表達一個專業、晦澀難懂的概念，以此達到通俗易懂的目的。

排比讓語言更有氣勢

排比句是把三個或三個以上意義相關或相近、結構相同或相似、語氣相同的片語或句子並排在一起組成的句子，能達到一種加強語勢的效果，營造出一種氣吞山河的氣勢。比如馬丁·路德·金的《我有一個夢想》，全文都在大量使用排比，整個行文顯得氣勢恢宏。

2019 年 6 月 26 日，一位跨國企業集團董事長在一天之內接連發表兩次演講，在第二次演講中，更是以詼諧幽默的方式，用四個排比句闡述了新時代應有的企業精神。

多一點理想，少一點安逸。世界上再厲害的企業都是從小企業出來的，沒有千年的企業，最多有百年的企業，所以才為後來者提供了機會。新時代的企業應該有自己的理想和追求。

多一點創新，少一點算計。新時代的企業應該在創新、在科技、在商業模式或者說自己的產品方面，要麼技術別人沒有，要麼商業模式新，要麼產品品質更好，要麼價格更便宜。總而言之，靠產品，靠市場說話。

多一點勤奮，少一點麻將。新時代的企業應該多勤奮，這麼多的企業家，有一個共同的特點，都很勤奮。沒有一個成功的企業家是玩耍出來的，都是奮鬥出來的，包括我自己。

多一點善事，少一點偽劣。現在大環境最缺的就是工匠精神，企業做得最成功的標記就是社會企業，也就是對社會有貢獻的企業。企業生產的產品必須對社會有貢獻、有價值，而不是給社會增加垃圾、增加負擔。

四個「多一點」，四個「少一點」，實際上，這也暗合了近幾年該品牌更新所遵循的原則。

對比讓語言更有衝擊力

對比就是把兩種不同的事物或者同一事物的兩個方面放在一起進行比較。這種修辭手法可以讓我們看到兩種事物的差異，使形象更鮮明，感受更強烈，印象更深刻。比如：

你寫 PPT 時，阿拉斯加的鱈魚正躍出水面；你擠進公車時，西藏的山鷹一直盤旋雲端；你在會議中吵架時，尼泊爾的背包客正一起端起酒杯坐在火堆旁。

有一些穿高跟鞋走不到的路，有一些噴著香水聞不到的空氣，有一些在辦公室裡永遠遇不見的人。

這是一個場景化的對比。

杏花雖美，可結出的果子極酸，杏仁更是苦澀，若做人做事皆是開頭美好，而結局潦倒，又有何意義。倒不如像松柏，終年輕翠，無花無果也就罷了。

這是一種人生態度的對比。

在演講中，對比是一種邏輯，也是語言藝術的一種表現方式。

比擬讓語言更添人情味

比擬就是把一個事物當作另外一個事物來描述、說明。比擬包含了擬物和擬人。所謂的擬物就是把人比作物，比如在《甄嬛傳》中，皇上把沈眉莊比作菊花，因為在後宮妃子中，沈眉莊是最不喜歡爭寵的一個妃子。

朕喜歡妳讀書，讀書能知禮。菊花有氣節，可是朕更喜歡菊花獨立秋風，不與百花爭豔，耐得住寂寞，才能享得住長遠。

所謂的擬人就是把物比作人，艾爾·高爾（Al Gore）在2007年獲得諾貝爾和平獎時，演講中把地球比作正在發燒的一個人。

現在地球正在發燒，發燒的溫度還在越來越高。科學家們已經告訴我們這不是一個已經過去的苦難，可以自行痊癒，我們考慮再三，向許多人尋求意見卻不做決定。不斷重複的結論，給我們不斷的警告，一些根本性的東西錯了，我們就是這個錯誤，我們必須自己改正這個錯誤。

另外，在生活中，擬人的用法無處不在。比如本章開篇說的：好朋友，別踩我，我會痛哦。再比如，我曾經看到某城市公車站牌下方印著一篇〈站臺自白書〉，通篇都是以站臺的口吻來寫，告誡人們不要任意破壞站牌。

對偶讓語言更有韻律感

對偶是用字數相等、結構相同、意義對稱的一對短語或句子來表達兩個相對應，或相近，或相同的意思的修辭方式。它的特點就是語言凝練，句式整齊，音韻和諧，富有節奏感，具有獨特的藝術效果。比如：

牆上蘆葦，頭重腳輕根底淺；山間竹筍，嘴尖皮厚腹中空。

這句對偶句就用蘆葦和竹筍的比喻，諷刺了那些沒有真才實學的人。

橫眉冷對千夫指，俯首甘為孺子牛。

這句話表現了魯迅對敵人的憎恨和對群眾的忠心。

有志者，事竟成，破釜沉舟，百二秦關終屬楚；

苦心人，天不負，臥薪嘗膽，三千越甲可吞吳。

這組對仗工整的對聯，激勵過無數人打拚奮鬥。

▌五覺讓表達更有畫面感

所謂「五覺法」，就是我們的五個感官：視覺、聽覺、嗅覺、味覺、觸覺。這「五覺」對應的就是我們的眼睛、耳朵、鼻子、嘴巴和身體。使用五覺語言，能讓表達更有畫面感。

視覺

可以從類別、大小、長短、形狀、新舊、顏色等方面進行描述，比如「我看見一朵玉蘭花，有一隻手掌那麼大，白色的花瓣、淡黃的花蕊，花瓣很厚實，向外努力張開著，看起來飽滿精緻」。

聽覺

人物的聲音：我聽見他輕輕地說了一聲「我愛你」！

擬聲詞：我聽見「汪汪汪」一陣狗叫、聽見雨「嘩啦啦」地下。

嗅覺

比如具體的香味，飯菜香、麻油香、花香、香水香等；具體的臭味：臭雞蛋的味道、飯餿了、飯焦了等。

略

味覺

常用：酸、甜、苦、辣、鹹、鮮、麻、澀等。

觸覺

常用：軟、硬、冷、熱、燙、痛、酸、麻等。比如，日落時分，我的雙腳踩在鬆軟的沙灘上，感受到了沙子的餘溫。

如果完整用五感來描述一個場景和事物可以怎樣表達呢？

我聽到熱油潑在魚肉上，發出「滋」的一聲（聽覺），水煮魚的最後一道工序完成了，媽媽端上來一盆水煮魚，金黃色的油湯，白花花的魚肉上飄著許多紅色的小辣椒和花椒粒（視覺），鼻子聞到一股鮮香的麻辣味（嗅覺），我迫不及待地拿起筷子夾了一塊魚肉，舌頭猛地被燙了一下（觸覺），但是魚肉放進嘴裡，滑嫩無比、入口即化，伴隨著濃烈的麻辣味（味覺）。

如何訓練自己的五覺能力呢？這需要隨時隨地觀察、體驗、思考、記錄、輸出，任何能力都要經過有意識的刻意練習。

五覺小練習

用五覺的方法，描寫雨後的公園，或品嘗某種美食，或其他某個場景。

▌幽默讓演講更有趣

生活中幽默能緩解尷尬，拉近人和人的距離，同樣，在演講中，聽眾都喜歡在一種輕鬆有趣的氛圍裡接收訊息，所以幽默是我們提高演講感染力必須掌握的一個能力。有哪些方法可以實現幽默的「笑」果呢？

自嘲

賈伯斯在史丹佛大學演講，開場就來了一個自嘲：

我今天很榮幸能和你們一起參加畢業典禮，史丹佛大學是世界上頂尖的大學之一。我從來沒有從大學中畢業。說實話，今天也許是我的生命中離大學畢業最近的一天了。

語言的反差意外

這也稱為 A ＋ B 法，用 A 鋪陳創造預期，用 B 笑點揭示意外。當年網路上熱議，「有趣的作家和無趣的吳彥祖你選誰」？有網友留言：「看人不能看外表，人不可貌相，作家才華橫溢，談吐幽默，在生活中能平添很多樂趣，這樣的人很招人喜歡，所以我選吳彥祖。」這個使用的就是語言的反差意外技巧。

圖片的反差意外

圖片前後對比，能讓人一目了然，形成強烈的反差效果。比如我認識一位曾經從成都徒步到西藏的朋友，後來他

在拉薩開了一家民宿，在民宿門口他張貼了一張從陽光帥氣小夥子變成了邋遢大叔的對比照片，看了讓人忍俊不禁。

類比幽默

有人說，中年就是一部《西遊記》，悟空的壓力，八戒的身材，老沙的髮型，唐僧的嘮叨，關鍵是離西天還越來越近。

一次，在網際網路企業家論壇上，一位科技公司創始人大講「人工智慧」和「無人車」，在談及與航空公司達成策略合作時，他說道，「更重要的是，我還與航空公司董事長互換了禮物，我送給他一輛『無人駕駛汽車』，他送給我一輛『空巴380』，所以還是挺賺。不過，按照這個思路，我們以後跟網際網路公司合作就要稍微小心一點了，我們如果和單車公司合作，我送他一輛車，他們送我一輛腳踏車。如果和電信合作的話，我們送他們一輛車，他們只能送我一個訊號……」，此言一出，現場立即響起笑聲。

科技公司創始人以「互換禮物」作為鋪陳，運用類比手法展現不同公司的人會送不同的禮物，從「挺賺」一下子跌到「挺虧」，情節陡轉，惹人捧腹，極好地愉悅了大家，活躍了演講氣氛。

一語雙關

一語雙關是指一個詞或一句話涉及兩個意思，表面上是一個意思，暗中又含另一個意思。

　　紀曉嵐與和坤同朝，紀曉嵐為侍郎，和坤是尚書。一次，兩人同飲，和坤指著一條狗問：「是狼（侍郎）是狗？」紀曉嵐還擊：「垂尾是狼，上豎（尚書）是狗！」本來想奚落紀曉嵐的和坤，沒想到被反擊回去，尷尬不已。

逼真的模仿

　　要形成幽默的「笑」果，還有一個有力的方法就是逼真的模仿，一方面可以模仿人物的語言，如口音，這會形成強烈反差，容易引現場聽眾發笑。

　　另一方面是肢體動作和表情的模仿，生動的演繹會把聽眾帶入當下的演講場景中。

曲解

　　是指說話人故意歪曲他人話語的真正意圖，繼而出其不意給出新的解釋，讓語言產生幽默的效果。

　　比如，在某節目中，主持人請幾個演員聊聊他們的昨天、今天、明天，其中一位演員回答：

　　昨天，在家住了一宿。今天，到這裡來了。明天，回去。謝謝。

　　逗得現場的觀眾捧腹大笑，其實主持人想問的是他們的過去、現在和未來，這個曲解也符合了所扮演角色的樸實憨厚、文化程度不高的形象。

　　有個父親見兒子從學校拿回成績單，關心地問：「考得

怎麼樣，快念給我聽聽。」兒子看了父親一眼，膽怯地開啟成績單念道：「語文 52，數學 48，共計 100 分。」「嗯，你『共計』這門考得不錯。」兒子聽了，忍不住笑了。「看，一表揚你就驕傲了，」父親板起臉來說：「要繼續努力。」

這是一則題為《共計》的小幽默。兒子稍微耍了點手段，父親就一本正經地又是批評又是鼓勵，令人啼笑皆非。

改編

這個方法指的是透過改編大家熟悉的經典，比如經典古詩詞、經典廣告語、經典歌詞等方式達到幽默的效果。

某位主持人，他的播音方式，一改新聞主播端莊嚴肅的風格，笑話一個接著一個，幽默氣息擋也擋不住，其中他就使用了大量幽默改編的方法。

比如天熱時，他會說：「熱得你走出半生，歸來全熟，身上還掛著椒鹽；晒得你走出半生，歸來仍是少年包青天。」這段改編內容的形式出自孫衍的《願你出走半生，歸來仍是少年》。

比如在天氣冷時，他會說：「長風幾萬里，吹度玉門關，不把棉襖穿，風往裡面鑽。」其中「長風幾萬里，吹度玉門關」引用的是李白的〈關山月〉。

再比如，在直播間介紹產品時，他說：「煙籠寒水月籠沙，不止東湖與櫻花，門前風景雨來佳，還有蓮藕魚糕玉露

茶，鳳爪藕帶熱乾麵，米酒香菇小龍蝦，手中金蓮不自誇，趕緊下單買回家，買它買它就買它，熱乾麵和小龍蝦。」其中第一句「煙籠寒水月籠沙」引用的是杜牧的〈泊秦淮〉。

幽默，不是靈機一動的機靈，而是飽讀詩書的信手拈來，幽默，和「腹有詩書氣自華」一樣，是一種由內而外散發出來的氣質。「深厚的底蘊＋有趣的人格」，才成就了一名有內涵又幽默的主持人，而在演講中你也可以形成自己智慧幽默的風格。

誇張

誇張也是一種製造幽默的技巧。卓別林的誇張形象：頭戴一頂大禮帽，腳蹬大皮鞋，鼻子下留著一撮烏黑的小鬍子，緊繃的上衣與肥大的褲子彆扭地穿在身上，手拿細手杖，邁著企鵝步的流浪漢形象，再配上他誇張、精湛的藝術表演，帶給了很多觀眾無盡的歡笑。

某演員曾經在一檔綜藝節目中，分享自己讀書時的事情，是關於班上一個女生的。

她的課本可以這麼形容，比如說一本作業本，正常的課本發下來一斤重，一學期學完以後，她的能到五斤重，有四斤都是她的筆記，哪怕是全班都在認真聽講的時候她還在那記筆記，我也不知道她在記什麼，感覺老師說的每一句話她都要記，我就覺得這個女生成績一定很好，正好她是我那一

組的，所以我也和其他同學一樣，就是抄她的作業，結果發下來全錯！因為她上課明明很認真，後來我給她取了個名字「白學公主」，真的就一個學期白學了。

　　下面的觀眾聽到這裡已經笑成一片，這段話中「正常的課本發下來一公斤重，一學期學完以後，她的能到五公斤重，有四公斤都是她的筆記」，就是誇張的手法。

演講中運用幽默的注意事項

　　幽默無論是在演說中還是人際交往中都能造成很好的作用，但是在使用幽默時，有些禁忌需要我們注意。

◆ 1. 與主題相關

　　幽默要和演講的主題相關，不要穿插和演講不相關的幽默，要使幽默的內容成為你所要表達訊息的一部分。

◆ 2. 內容不低俗

　　避免說一些帶有宗教、政治、色情、種族等有可能引起聽眾反感和不愉快的內容。

◆ 3. 場合要分清

　　幽默有時要分清場合，在一些嚴肅、莊重的場合，不宜幽默。

一次，美國總統雷根在國會開會前，為了試試麥克風是否好用，張口便說：「女士們、先生們請注意，五分鐘之後，我們將對蘇聯進行轟炸。」此語一出，眾皆譁然。顯然，雷根在不恰當的場合和時間裡，開了一個極為荒唐的玩笑。為此，蘇聯政府對美國提出了強烈的抗議。可見，在莊重或嚴肅的場合裡說話一定要注意。

◆ **4. 不拿別人的短處開玩笑**

在幽默中，切勿拿別人的短處或缺陷開玩笑。透過貶低他人獲取優越感或製造幽默效果，對他人是一種不尊重的行為，也極易引起他人的不適和憤怒。

◆ **5. 幽默要分清對象**

我們身邊的每個人，因為身分、性格和心情的不同，對幽默的承受能力也有差異。有些幽默和玩笑，並不是所有人都通用的，所以在說話時一定要注意對方的情況，先察言觀色再開口說話。

總之，幽默一定要拿捏好分寸，掌握好尺度，注意幽默的內容、幽默的場合、幽默的對象等。只有做到這些，幽默才能真正發揮作用，才能真正成為調節演講氛圍、潤滑人際關係的「芳香劑」。

小撇步

> 　　演講中，語言表達除了需要具備感染力以外，還有三個細節不容忽視。

表達切忌不恰當

　　下面三句話，哪句話表達最恰當呢？

★ 帕運會展示了瘸子能夠在體育領域取得怎樣的成就。
★ 帕運會展示了殘疾人能夠在體育領域取得怎樣的成就。
★ 帕運會展示了殘障人士能夠在體育領域取得怎樣的成就。

　　第一句中的「瘸子」顯然是對人不太尊重的稱呼，「殘疾人」也欠佳，最合適的表達無疑是「殘障人士」。所以我們要從群體、場合、聽眾的角度注意語言的精準度。

表達切忌書面語

　　書面表達和口語表達有區別，書面表達相對比較正式，而演講更多會口語化一些，在演講中，語言要力爭做到：說起來「上口」，聽起來「順耳」，記起來「入腦」，想起來「舒心」。演講的語言要自然、流暢、動聽。

　　這裡有兩個方法。

◆ 1. 把長句改成適合說和聽的短句

比如：至今人們還清楚地記得那天凌晨，戰士在狂風暴雨橫掃山崖、泥石流滾滾而下的危急情況下，及時把崖下村民從險境中搶救出來的那個極為動人的場面。

改成短句：那天凌晨，狂風暴雨橫掃山崖、泥石流滾滾而下，戰士在危急情況下及時把崖下村民從險境中搶救出來，至今人們還清楚地記得那個極為動人的場面。

◆ 2. 把單音詞改成雙音詞

比如我在輔導學員時，「僅」改成「僅僅」，「應」改成「應該」，「時」改成「時間」，「因」改成「因為」，「這時」改成「這時候」，這樣聽起來更舒服。用大家聽得懂的語言，更有親和力。

表達切忌囉唆

著名作家馬克·吐溫（Mark Twain）有一次聽牧師演講時，最初感覺牧師講得好，打算捐款；10 分鐘後，牧師還沒講完，他不耐煩了，決定只捐些零錢；又過了 10 分鐘，牧師還沒有講完，他決定不捐了。在牧師終於結束演講開始募捐時，過於氣憤的馬克·吐溫不僅分文未捐，還痛罵了牧師一頓。而這種由於強調過多、過細、過強和作用時間過久而引起人們反抗心理的現象，就是「超限效應」。

第五章

即興法則
—— 處變不驚，即興演講有方法

現代社會，人們無論是在工作還是生活中，總會遇到突如其來的即興演講場合，這時候，該如何應對，才能做到從容自信，出色完成？在這一章中為你分享眾多即興演講表達的錦囊妙計。

曹植是曹操的小兒子，從小才華出眾，很受父親的疼愛。曹操死後，他的哥哥曹丕當上了魏國的皇帝。曹丕是一個嫉妒心很強的人，他擔心弟弟會威脅自己的皇位，就想謀害他。據南朝劉義慶的《世說新語》記載：有一天，曹丕叫曹植到面前，威脅曹植在七步之內作出一首詩，以證明他寫詩的才華，如果他寫不出，就等於是在欺騙皇上，要把他處死。曹植知道哥哥存心要害死他，又傷心又憤怒，但強忍著心中的悲痛，在七步之內作出了這首大家耳熟能詳的〈七步詩〉：煮豆燃豆萁，豆在釜中泣。本是同根生，相煎何太急。

用現在的話來說，當時曹植經歷的這個挑戰就是即興演講，而他如果沒有做出這場成功的「即興演講」，丟的不是臉，不是機會，而是生命。

那麼，什麼是即興演講呢？即興演講就是在沒有充分準備的情況下做的演講，對於思維的敏捷性、語言的邏輯性等有很高的要求。

即興演講在如今這個時代出現的機率越來越大，大到被臨時邀請登上幾百、上千人的舞臺發言，小到平時的各種面試、臨時被主管提問等。

▌疑問！為什麼你做不好即興演講

即興演講中，經常出現的問題主要有以下四個方面。

不敢講。很多人遇到即興場合會選擇逃避，擔心講不好，失了面子。久而久之，不敢講就慢慢不去講，不去講就越來越不會講，形成了一個惡性循環。

沒話講。演講者的知識累積、興趣愛好、閱歷修養與演講的成功有著緊密的關係。「巧婦難為無米之炊」，許多演講者演講時最大的困難在於肚子裡沒貨，累積太少，沒有素材。

頭緒亂。即興演講沒有太多的時間或根本沒時間準備，很多演講者在這種情況下會出現頭腦空白、思路混亂，表達出來的內容缺乏條理性。

語言平淡。即興演講對臨場語言組織能力要求很高，除了需要邏輯清晰，語言還要有表現力和感染力，這樣才能打動和影響現場的聽眾。

▌注意！即興演講的特點有這些

即興演講一般有什麼特點？包括以下三點。

臨場性。即興演講不能像主題演講那樣，可以事先寫好講稿，並進行練習準備，而是必須靠臨場發揮。因此，臨場

性就成了即興演講最突出的特徵。

短暫性。即興演講一般都是篇幅短小、時間短暫的演講，演講者需要言簡意賅，不宜過於冗長，一般只有兩三分鐘，長的不過十來分鐘，而且，演講者是臨時興起發表的演講，事先並無準備，也很難構思出長篇大論的演講來。所以，即興演講者要以高度簡練、生動形象的語言去征服聽眾。

敏捷性。即興演講要求演講者思維敏捷，構思快速。有些即興演講給的準備時間非常短暫，演講者的反應速度甚至堪比「光速」。

▌別慌！讓你即興演講張口就來

那麼，應對即興演講有什麼方法技巧呢？

在我的當眾講話經歷中，經常遇到即興演講，記得在參加企業培訓師考試的答辯時，現場抽到了一個比較難的題目，而且給的準備時間非常短，經過幾分鐘醞釀後，我面對五個評委做了展示，沒想到最終的成績是所報名機構有史以來的最高分。其實當時採用的就是接下來所說的第一個方法：關鍵詞連綴。

關鍵詞連綴

關鍵詞連綴也叫串珍珠法。在多年的一線教學生涯中，我發現很多學員肚裡有貨，在自身的專業領域裡，他們擁有一粒粒「思想的珍珠」，但是欠缺的是串起思想的一根「線」。這時可以透過關鍵詞連綴的方法，快速構思框架、組織語言。

具體操作有四個步驟。

定話題。明確聽眾想聽的，你能講的，場合需要的話題。

定觀點。具體確定觀點的方法可以參考第二章的內容。

定框架。具體的邏輯方法可以參考第三章的內容。

定內容。在即興演講中，一般不會有時間寫稿，這個時候只需在紙上或腦海裡確定要說的關鍵詞。因為時間越是緊急，越應該給大腦「減負」，不要讓大腦記憶太多資訊，所以要把關鍵點濃縮為詞，而不是句子。同時，如果能快速把這些關鍵詞按照第四章所說的進行高度提煉，那就更好了，既方便自己記憶，又讓聽眾印象深刻。

如果在演講口才培訓的課堂上，要做一個即興分享，大家就可以用上述步驟：第一，定話題。既然是在口才培訓班，大家都是希望提升演講口才能力的，所以話題可以是「如何提升演講口才」。第二，定觀點。可以透過高度概括的

方法，把學習演講的方法提煉為多學習、多練習、多堅持。
第三，定框架。採用並列邏輯。第四，定內容。

　　大家好！今天我要和大家分享的主題是「如何提升演講
口才」。我認為需要多學習、多練習、多堅持。

　　第一，我們要多學習。學習是成長之源，技能也好，知
識也好，都是透過學習而來，提升演講口才也一樣，第一件
要做的事就是學習。大家知道林肯年輕時是如何鍛鍊口才的
嗎？他每天徒步 30 英里（約 48 公里），到一個法庭上去聽
律師的辯論，大家都知道律師的口才都非常好，林肯在法庭
上聽完辯論後，就在回家的路上把所學到的方法技巧邊走邊
練，碰到一棵大樹就對著大樹練，看到一片玉米地就對著玉
米地練。林肯就是透過這樣的學習，提升了自己公眾演講的
能力。我們要提升自己的演講能力，也一定要不斷地去學
習，只有學習才能成長！

　　第二，我們要多練習。學習口才就像學習開車和游泳，
需要不斷地刻意練習。一位演講者每天一大早，他都會揹著
一塊鏡子，然後跑到山頂，把鏡子掛在樹枝上，然後對著鏡
子練演講。其實沒有人的演講能力是天生的，都是透過後天
的努力鍛鍊出來的，只要我們學習後不斷地練習，也能擁有
出色的演講口才！

第三，我們要多堅持。做任何事情都會碰到困難和挫折，提升演講口才也一樣，有可能我們講得不好，被別人嘲笑諷刺，但是我們不能因為這些而放棄鍛鍊自己，一定要學會堅持。有個人被稱為 20 世紀最偉大的 CEO，在他的主管下，奇異集團扭轉了命運，他就是傑克・威爾許（Jack Welch）。傑克・威爾許小時候有很嚴重的口吃，經常被小夥伴嘲笑，但母親不斷地鼓勵他：「孩子，那是因為你太聰明，所以你的嘴巴無法跟上你聰明的腦袋。」從此他不再為此感到自卑，並發奮學習。最終他在 45 歲那年，成為美國奇異公司歷史上最年輕的董事長和執行長。

所以，有志者，事竟成，貴在堅持；苦心人，天不負，功到自然成！只要我們能堅持地走下去，勝利的曙光總有一天會到來！

最後，我相信，如果大家都能做到多學習、多練習、多堅持，我們的演講口才一定會越來越好！

PREP 結構

PREP 四個英文字母分別代表以下意思。

P：Point —— 提出觀點。

R：Reason —— 分析原因。

E：Example —— 列舉案例。

P：Point —— 再次強調觀點結論。

用諧音的方式來記憶就是：觀音借貸法。

現在我用一個案例來說明怎樣使用這個方法，這個主題是：觀音姐姐該不該在臺北貸款買房？

我認為觀音姐姐應該在臺北貸款買房。（觀，提出觀點）

觀音姐姐如果買房，她在人間就有了一個落腳點，有一個根據地，方便她隨時來人間視察。臺北是一個有活力的城市，房價上漲空間大，以後即使不想在臺北住了，還可以把房子賣了，賺很多錢，把賺到的錢拿去救助有需要的人，這也是符合觀音姐姐樂於助人的性格。而且貸款買房，不用一下子拿出很多錢，只要付頭期款就行了。（因，分析原因）

你看如來十年前在板橋買的那套別墅，當時買才 500 萬元，去年漲到 5,000 萬元，後來他賣掉了，把賺到的錢拿出一部分再去投資，剩下的錢捐給了希望小學，幫助了很多孩子。（案，列舉案例）

所以，我認為觀音應該在臺北借貸買房。（結，再次強調觀點結論）

黃金三點論

「三」是一個很神奇的數字，成語和歇後語中很多都帶有三，比如三足鼎立、三顧茅廬、三心二意、三個臭皮匠勝過一個諸葛亮。

　　黃金三點論，也叫「一二三法則」，藉助序數詞區分講話的內容，也就是在講話中圍繞自己要表達的中心意思，運用「第一、第二、第三」或「首先、其次、最後」等序數詞來論述。這樣有助於我們迅速組織思路，聽眾也會感覺內容既條理清晰，又簡潔明瞭。

　　「三」是一個很穩定的數字，當我們在表達某個見解時，只說兩點會覺得單薄，但說四五點又擔心自己記不住，別人也記不住。只講三點，能夠快速構思表達，形式如：

　　我發表三個見解。

　　我講三個事例。

　　我們的任務分三步走。

　　我就三個方面談一下自己的心得。

　　我們目前有三個需重點解決的問題。

　　我就產品、市場和服務三個方面進行闡述。

　　還有三步棋、三句話、三個驚喜、三個體會、三個感謝、三個收穫、三個進步、三個階段、三個祝福、三個忘不了、三個想不到等形式。

　　2005 年，賈伯斯在史丹佛大學畢業典禮上做了一場經典的演講──《求知若飢，虛心若愚》，他也是使用了黃金三點論──「三個故事」，分享了選擇、熱愛與死亡這三個故事。

　　三點論還有很多展現形式。

　　時間三點論：過去、現在、未來；昨天、今天、明天；初期、中期、後期。

　　在第三章中有說過，時間邏輯不僅可以使用在篇幅較長的備稿演講中，也可以使用在即興演講上。比如有個運動教練在接受採訪時曾說：

　　過去，我作為一名球員，與隊友們一起頑強打拚，獲得了「五連冠」；今天，我作為一名教練，與我的團隊一起永不言棄，時隔 12 年再次站在了奧運冠軍的領獎臺上；未來，我希望學弟妹能將我們的「精神」傳承下去，做出我們的貢獻！

　　活動三點論：感謝＋回顧＋願景。

　　感謝：感謝在座的對象，感謝某個具體的對象。

　　回顧：回顧過去的經歷、經驗、成績、教訓。

　　願景：對未來的希望、祝福、夢想等。比如我期待、我祝福。

　　舉個例子，針對家長代表發言場景，如果你是家長，對象是學校的老師。

　　分享的思路：感謝學校給孩子提供優越的學習環境，感謝老師的辛勤栽培，感謝在座的同學的幫助，回顧孩子的改變和進步，最後祝福學校越辦越好，祝老師桃李滿天下，祝孩子們快樂成長等等。

運用「感謝＋回顧＋願景」這個公式，可以讓我們在很多場合發言時，輕鬆做到張口即來。

其他更多三點論的展現形式：

空間三點論：比如，臺北＋新北＋基隆

人物關係三點論：比如，學校＋政府＋家長

祝賀三點論：比如，祝賀＋讚美＋希望

說服三點論：比如，故事＋總結＋號召

借「題」發揮

在即興演講中恰到好處地進行借「題」發揮，不僅可以強化觀點，而且形式上新穎獨特，既增強演講的效果，又能給聽眾留下深刻的印象。

◆ 1. 借物發揮

在某電視藝術節上，四位知名主持人現場遇到即興演講的大考驗，要求他們根據自己面前盒子裡的物品連繫到對電視藝術節的祝福，挑戰難度大，因為必須當下開啟盒子後馬上進行演講。四位主持人急中生智，各顯身手，紛紛展示了自己的風采和功底。他們的這次即興演講就是採用了「借物」的方式。

如何做到借物發揮，我們來舉一個例子。

在一次希望工程資金籌措動員會上，有位演講者這樣說：

「我們大家都來看看擺在講臺上的這一盆盆鮮花，它們顏色鮮
豔、形態美麗，還散發出誘人的香味，它的美麗和芳香是肥沃
土壤孕育、陽光雨露滋潤、花匠辛勤勞動共同造就的。雖然
它們是優良品種，但如果失去土壤、陽光雨露和人們的精心呵
護，它們會有怎樣的命運呢？它們將沒有機會綻放，它們將過
早地枯萎，它們將無法奉獻給這個世界美麗與芬芳。

　　現在我們生活的這個地區，有一些學齡女童，她們聰
明、美麗、渴望讀書，就像這一盆盆花一樣可愛，但是貧困
使她們失學。她們就像失去肥沃土壤、陽光雨露的花兒一
樣，不能正常地生長，她們聰慧的大腦不能用於學習，她們
不能學到謀生的技能和建設國家的知識……讓我們奉獻愛
心，為她們做一點捐贈吧！我們的捐贈將使她們獲得受教育
的機會，獲得正常成長的環境！」

　　透過把講臺上的鮮花比作學齡女童，用鮮花綻放所需要
的條件：肥沃土壤、陽光雨露、花匠辛勤栽培比作失學女童
所需要的成長條件，可以說直觀形象，打動人心。

◆ 2. 借人發揮

　　有位同學姓吳，我們可以借「吳」字展開話題，學口才
就要向吳同學學習，「吳」上面是個「口」，我們學口才必須
先開口；下面是個「天」，要天天開口堅持不懈地練習，不
能三天打魚兩天晒網，這樣才能練出好口才。

借人可以借姓名、借職業、借品格精神等，原則就是一定要借他人好的一面，不能詆毀他人。

◆ 3. 借景發揮

我曾經主持過一個大型活動，舉辦地區 12 月的天氣一般會下雪，但是籌備的那幾天並沒有下。我們選擇的酒店會場，透過玻璃能夠清晰看到窗外的景象。活動當天，在開場進行到一半的時候，天空中突然飄落下雪花，我當即決定放棄之前準備好的臺詞。我說，此刻，請大家把目光投向窗外，在民間有一句諺語叫「瑞雪兆豐年」，另外大家有沒有注意到，我們現場的兩位主管，一位「某某祥」總裁，一位「某某瑞」總監，一位名字中帶著「祥」，一位名字中帶著「瑞」，合在一起預示著「祥瑞之兆」，再加上「瑞雪兆豐年」，相信本次的會議將會舉辦得更加圓滿，更加成功！

主持中，我既借到了景，也借到了人，所以演講現場收穫了不錯的效果。當然這裡要特別說明的是：如果沒有十足的把握去臨場組織語言，建議按照事前準備的來發揮即可。

◆ 4. 借事發揮

巧妙地藉故事、案例發揮，可以是最近發生的事情，也可以是當下演講現場發生的事，找出這些事情與主題的某些關係進行即興發揮。

我昨天掉了一顆牙，我的孫子最近也掉牙。我們兩人掉牙有本質上的不同。我掉牙是衰老的表現，而我孫子掉牙卻是成長的象徵。同樣，改革中出點問題，就像小孩子掉牙一樣，是新生事物發展中的問題。前進中的問題，本身就包含著解決問題的因素。只要繼續前進，問題就會解決。

借用「掉牙」的事，與改革中的問題做類比，既形象生動又很自然。

◆ 5. 借活動發揮

1991 年 11 月，兩座電影獎項同時揭曉得主，李雪健因在電影中飾演焦裕祿榮獲「雙獎」的最佳男主角。他在領獎時說：「苦和累都讓一個好人 —— 焦裕祿受了；名和利都讓一個傻小子 —— 李雪健得了。」

李雪健的發言就是根據活動的內容選擇話題。此外，我們還可以使用活動的主題作為即興發揮的點進行展開。

◆ 6. 借地點發揮

演講的地點，包括所在的城市或者當下的場地都可以成為即興演講發揮的點，因為這是聽眾所熟悉的，更容易引起共鳴。

魯迅先生曾在廈門中山中學做過一次演講，他開頭說：「今天我能夠到你們這所學校來，實在很榮幸。你們的學校名叫中山中學，顧名思義，是為紀念孫中山。中山先生致力

於國民革命 40 年，結果創造了『中華民國』。但是現在軍閥跋扈，民生凋敝，只有『民國』的名目，沒民國的實際。」

魯迅從演講的會址中山中學入題，在「中山」上寓於深刻的含義，一針見血地指出名與實之間的強烈反差，從而激發了中山中學師生們的革命熱情。

借地點發揮，除了從場地本身的意義和當天活動的主題性質結合出發以外，還可以從這個角度出發：比如十年前你是以什麼身分站在這裡，十年後又以什麼身分重新站在這裡，當然，還是要與主題緊密結合。

很多人有個失誤，認為即興演講一定是在現場才想到的，實際上，即興演講也能提前做準備。

有一次，邱吉爾要去發表演講。到達目的地後，司機為他開啟車門，他卻遲遲沒有下來。問他原因，他說：「請稍等，我還在看我的即興演講稿。」

所以，哪怕是即興演講，其實也可以把它當作有準備的演講。比如要參加某個活動，即使今天你不是受邀的分享人，也可以預想一下根據這個場合和自己的身分角色等因素，事前準備發言素材。

另外，即興演講雖是一項可以透過長期刻意練習出來的技能，但是真正要做到面對任何場合脫口而出仍需要堅持不懈地修練。

第五章

即興法則 —— 處變不驚，即興演講有方法

　　某主持人有一個非常經典的臨場即興演講，被稱為「黑色七分鐘」。在某歌手選秀節目總決賽中，一位參賽歌手突然退賽，這位主持人臨危不亂，為製作單位贏得了調整時間。而這種能力並不是他與生俱來的，我們來看看他是怎樣練習自己即興演講能力的。

　　在一期節目當中，這位主持人的一番話告訴我們，任何成功都沒有捷徑，也不存在什麼天才，更不是只憑運氣，而是長期默默地不斷努力、努力、再努力。他自曝，他從 20 年前就沒有光顧過酒吧，也沒有去過 KTV，而是利用這些時間不斷地閱讀，經常從夜裡九點看到早上七點鐘。而且他看書絕非囫圇吞棗，他會把自己認為最好的句子，或者最感動他的一些思想，在內心反覆咀嚼，有時候他還會對著鏡頭重複地說，目的就是讓自己說的時候更加自然。

　　除此之外，他還會臨時寫很多即興演講的題目，然後自己隨意抽，抽到哪個題目，就用三分鐘時間準備，然後開始一場五分鐘的即興演講。最後他透露，這種訓練在他 20 多歲就已經開始，迄今已堅持了 20 多年。

　　魯迅先生曾說：「哪有什麼天才，我只是把別人喝咖啡的工夫用在了工作上罷了。」這位主持人也不是天才，他只是將別人娛樂的時間全部花在閱讀、思考和口才訓練上罷了。所以希望大家能夠花時間去修練自己的即興演講能力，未來面對各種即興講話才能做到應對自如。

第六章

控場法則
—— 出色應對，掌控全場臨危不懼

控場法則 —— 出色應對，掌控全場臨危不懼

　　演講中難免遇到突發狀況，處理不好，會影響演講效果，留下遺憾；處理得好，不僅能讓演講順利進行，還能彰顯你的機智，小意外也會變成大機會，為演講加分。這一章將從自身和外界兩個方面為你分享控場技巧。

　　在演講中，我們最害怕出現一些意外情況，這些意外，如果沒能很好地應對，就會讓一場演講出現瑕疵甚至失敗；如果處理得當，會讓一場演講順利進行甚至反而有出彩的表現。2007 年某元旦特別節目中，當時間接近零點時，現場突然出現兩分半鐘的空檔，製作單位馬上安排某知名主持人救場。在沒有準備任何臺詞、導播反覆誤判下，這位主持人始終保持臨危不亂，鑄就主持史上一個經典的案例 ——「金色三分鐘」，現在我們來看一下晚會上她即興發揮的內容。

　　親愛的觀眾朋友們，您現在正在收看的是我們為您現場直播的 2007 年新年特別節目。今晚，我們將在這裡共同迎來又一個新年。

　　剛才結束的一首歌曲叫《忽然之間》。真的，忽然之間好像 2006 年就過去了，忽然之間好像 2007 年馬上就要來到了。我真的是怕時間不夠長，不夠將所有的祝福都送出；我也怕我們的祝福不夠深，及不上你們對我們的那份真情；我也擔心所有的禮物不夠多，不夠讓所有關注我們的觀眾都能

夠有所收穫。那在這裡我只能說，無論今晚還是明晚，還是今後的每一天，我們所能做到的就是盡心盡力地在我們的工作職位上去做出最好的節目來回饋給你們，為你們帶去更多的快樂！

親愛的觀眾朋友們，在我們的彼此問候當中，在我們的期盼當中，2007 年馬上就要來到我們的身邊了。導播告訴我說，現在距離 2007 年只有 17 秒的時間了，讓我們一起來倒數計時吧！9、8、7、6、5、4、3、2、1，新年快樂！

除了這位主持人的「金色三分鐘」，我們在第五章提到的另一位主持人的「黑色七分鐘」，也是主持人臨場應變的典型案例。

對於優秀的主持人來說，臨場的應變能力尤為重要，出錯的時候也是出彩的時機。而對於我們在舞臺上的演講分享者來說，同樣需要這種臨場應變的能力。很多人都擔心在演講中發生意外的情況，如果真的遇到了，這時候我們需要具備應變與控場的能力。

什麼是演講中的應變能力呢？就是在演講過程中，面對主觀或客觀出現突發事件和意外情況形成對演講的阻礙和干擾時，演講者敏銳、及時、準確地做出反應，並採取有效的措施，使演講順利進行的處理能力。

▌演講中的「搗蛋鬼」有哪些

從定義中可以看出演講中的干擾主要來自兩個方面，一是自身，比如自身準備不足、緊張、恐懼、忘詞、身體不適等。二是外界，比如天氣突變、喝倒彩、噪音、聽眾刁難、手機鈴聲、聽眾退場等。

▌從自身角度我們應該如何控場

在自身方面，很多人會遇到以下幾種需要應對的臨場突發情況。

忘詞了怎麼辦？

很多人在臺上講話最怕的就是忘詞，那種尷尬和窘迫，經歷過的人都會刻骨銘心，忘詞無疑是演講中的重大事故，會嚴重影響分享效果。

那如何預防忘詞呢？這裡分為三個階段。

◆ 1. 準備期

這個階段一定要做到超量準備，如何操作可參照第一章的「試講四要領」：發出聲音，強化記憶；模擬現場，逼真練習；錄製影片，覆盤優化；現場彩排並讓聽眾聆聽，給予回饋，再次覆盤優化。

◆ **2. 上臺前**

在上臺前,可以回想總體框架,這裡可以使用提綱記憶法,開場、正文、結尾分別記住關鍵詞來強化記憶。另外需要特別熟記好開場和結尾,因為從心理學角度來說,開場有著初始效應的作用,而結尾有著近因效應的作用,都會給聽眾留下深刻的印象。

◆ **3. 演講中忘詞**

第一,要做到「處變不驚」,穩住自己的情緒,集中思想,爭取在兩三秒鐘之內迅速回憶演講的內容,同時語速盡量放緩。

第二,忘記的詞語可以換一個意義相同或含義相近的詞來替代,這樣就可以不露痕跡地把自己的遺忘掩飾過去。

第三,如果實在想不起下一句的內容,果斷地「另起一行」或「另起一段」,把下面的內容提上來講。

多年前我曾經主持過一場活動,當時由於稿子第二段是新增的內容,所以我不是很熟悉,因此,在即將說完開場白的時候,我突然意識到第二段可能無法流暢地進行,所幸那段臺詞對於整體的流程並不影響,因此,當時我果斷放棄了這段內容。最後,整場主持圓滿完成,主辦單位非常滿意。

第四,可以與現場聽眾進行互動,提問大家針對這個問題是否有想法,在這個過程中,爭取時間思考自己的內容,

第六章

控場法則 —— 出色應對，掌控全場臨危不懼

或許聽眾的回答還會給你帶來意外的驚喜。

第五，如果演講時遺忘的內容比較重要，在後面的演講中又想起來了，可以採取結尾補充的做法，比如：

今天和大家分享了時間管理的三大技巧：二八法則、四象限原則、善於做計畫，但是對於現場的管理者來說，還有一個重要的時間管理技巧，就是巧妙的授權管理……

演講要注意連貫性和流暢性，千萬不要因為忘詞而僵持在臺上苦思冥想，要知道，聽眾很難忍受演講者過長時間的停頓、回憶和思考。快速進行臨場發揮，即興下去，才能保持聽眾注意力不渙散，也不影響聽眾的情緒和演講的效果。

在這裡，大家一定要記住忘詞的四大心法要領：

防在先。為了預防忘詞，要提前做好充分的準備，降低忘詞的風險。

化在後。在充分準備的前提下，現場如果出現問題再思考如何化解危機。

看不出。不要讓現場的聽眾看出來你忘詞了，有很多分享者一忘詞，就明顯變得局促不安，小動作很多，比如：伸舌頭、撥弄頭髮、摸後腦勺、反覆扶眼鏡，有的甚至會緊張臉紅。

聽不到。忘詞時不要明顯地說出來，比如「不好意思，我忘詞了」。

說錯話了怎麼辦？

在演講中，還有一種容易發生的意外情況，就是說錯話，這個時候又該怎麼辦呢？

如果演講過程中說錯了，演講者要保持鎮定，不要慌張，對於一般的錯誤，比如吐字發音問題，例如「知道」這個詞，「ㄓ道」說成「ㄗ道」，重說更正即可。

如果是非常明顯的錯誤，可以採用兩種方法解決：

◆ 1. 巧用反問的方式

比如，有一位演講者在講《我最尊敬的一個人》，分享的是他父親「身殘志堅」的勵志故事，可是由於過度緊張，演講中不小心說錯了一句：「我的父親是一位身殘志不堅的人」，話一出口演講者立刻意識到說錯了，於是他快速巧用反問的方式化解：「我的父親真的是身殘志不堅的人嗎？不，他像眾多的殘障朋友一樣，用他身殘志堅的精神闖出了一條成功之路！」

◆ 2. 借題發揮

比如，1938 年，一位軍官帶著他的部隊到某地區休整，當地的抗戰組織為他舉行了一場歡迎大會。會議上主持人大聲說：「我們首先請 A 將軍說話，大家掌聲歡迎。」只見 A 軍官登臺後，接著主持人的話說：「剛才主持人稱我為『將

軍』，實在不敢當，我現在還不是將軍。當然，叫我將軍
也可以。因為我是受全國老百姓的委託，去『將』敵人的
『軍』，並且這一『將』，必須把他們『將』死為止……」

遲到了怎麼辦？

第一，出門前做好路線和時間規劃，提前預防，避免
遲到。

第二，在意識到可能要遲到時，打電話通知活動主辦單
位，把上臺的順序調整一下。

第三，到達現場時，上臺前要用 30 秒的時間來平靜自己
的心態，再檢查一下自己的著裝和髮型等。

從外界角度我們應該如何控場

在外界干擾上，如果我們遇到臨場突發狀況，應該如何
應對？

如何應對意外？

◆ 1. 幽默化解

有一次，鋼琴家波奇（Ivo Pogorelich）在密西根州的弗
林特城演奏時，發現全場觀眾很少，還不到半數，他感到很
失望。但依然從容地走到舞臺前，幽默地對觀眾說：「你們

弗林特城的人一定很有錢,我看你們每個人買了兩個座位的票!」話音剛落,觀眾席發出笑聲,同時全場掌聲雷動。

幽默不僅化解了波奇在突發狀況下的尷尬,還拉近了與觀眾的距離。

◈ 2. 把意外當成演講的部分

在演講中,如果遇到意外摔倒的情況,應該怎樣處理呢?

某學者應邀到大學舉辦學術講座。由於是階梯式教室,學者上臺階時,一不留神一個踉蹌摔倒在臺階上,學生們哄堂大笑。學者站起來後,指著臺階說:「大家看到沒有,上一個臺階是一件多麼難的事,生活是這樣,寫詩也是這樣。」這一哲理性的話語頓時贏得了學生們熱烈的掌聲。學者笑了笑,接著說:「一次不成功不要緊,只要繼續努力就行了!」說完,走上講臺繼續講座。

因為意外,這位學者的演講從臺下就開始了,他巧妙地處理不僅緩解了自己摔倒的尷尬,而且富有哲理的語言也啟發和激勵了現場的學生。

同樣遭遇這種突發事件的還有一位,就是獲得奧斯卡最佳女主角獎的雪莉.布思(Shirley Booth),她上臺領獎時,由於跑得太急,上臺階時絆了一下,差點摔倒。她在致詞時說道:「我經歷了漫長的艱苦跋涉,才到達這事業的高峰。」

這句應變的開場白簡直妙不可言。她將上臺領獎遇到的挫折與拍電影歷經的艱辛巧妙地結合在一起，既揭示了達到事業巔峰的真諦，同時又化解了險些摔跤的尷尬，可謂一舉兩得。

面對聽眾提問該怎麼辦？

踢球法。「誰能回答這個問題呢？」把問題拋給其他聽眾，注意判斷其他聽眾是否能回答。

照鏡法。「你的意見呢？」把問題拋給提問者，注意態度和用詞，並先讚賞他。

切西瓜法。「時間有限，回頭給你資料」，如果問題比較複雜，現場轉移注意力，事後思考好再回覆提問的聽眾。

集思廣益法。「這個問題提得很好，正是我下面請大家討論的問題」，集思廣益，集體討論，注意要有知識點和內容支撐，不能超出聽眾理解能力。

遇到挑釁、對立的聽眾，該怎麼辦？

我曾經聽過這樣一個案例，在一家考證培訓機構，老師正在課堂上講考證的重點，突然有個學員站起來說：「老師，你怎麼這樣講課，只是讓我們做題目，翻書在第幾頁劃重點，你也要給我們講一些實戰的東西啊，我覺得老師你講得不行！」老師聽後很生氣說：「我講得不行，你別聽！」

於是學生把這個老師投訴到校長那裡，老師被辭退了，學生也不考了，兩敗俱傷。

如果是你們，會如何解決？當時我思考了一下，如果是我，我會按以下三步來解決。

第一步，對這位學員說：「你認為老師講得不好，說明你有在思考，我很欣賞你。」首先認可學員，不要讓他站在你的對立面。

第二步，問那位學員：「那你能不能說一下，你所希望的老師應該用什麼方式來教學才會比較合理呢？你能不能上臺給我們演示一下呢？」

第三步接著說：「其實每個老師都有自己的風格，每個學員都有不同，我們應該照顧多數人，如果你覺得課程中有疑問，等課後我可以給你單獨輔導一下。」

在演講中，遇到對立、挑釁的聽眾，對演講者闡述的觀點持懷疑、牴觸乃至對立情緒，這是常有的事。如果演講者採取循循善誘的疏導，就有可能扭轉這些聽眾的戒備或對立心理。

面對不同的看法，千萬不能一開始就和聽眾情緒對立，形成「頂牛」狀態，這樣會喪失演講說服力。演講者應該保持良好心態，不要讓自己的情緒太受影響，失去了風度，切不可反應激烈，要持歡迎的態度，感謝對方有不同的看法，然後找出問題的根源，冷靜處理。

遇到刁難、調侃的聽眾，該怎麼辦？

　　無論是在演講中，還是在日常的人際交往中，我們有時候會遇到一些刁難尷尬的問題，這個時候我們如何機智應對呢？

◆ 1. 幽默應對

　　幽默是一個很好的「武器」。有一位影視演員，雖然不屬於高顏值的明星，但是顯然是一位高情商的人。

　　有一次他參加一個訪談節目，在採訪的過程中，主持人略帶火藥味地問：「你現在覺得自己特別紅是吧？」他立即回答：「都來您的節目了，能不紅嗎？」

　　一句話不僅誇了自己，還把主持人和這個節目全誇了，主持人聽後笑得美滋滋。

◆ 2. 避實就虛

　　在一次記者招待會上，一位西方記者問一位總理：「請問，該國銀行有多少資金？」總理聽出他是在譏笑貧窮國家。對此，總理沒有做正面回答，而是巧妙避實就虛地說：「銀行貨幣資金嘛，有 18 元 8 角 8 分。」接著，總理做了這樣的解釋：「我國銀行發行面額為 10 元、5 元、2 元、1 元、5 角、2 角、1 角、5 分、2 分、1 分的共十種幣值，合計為 18 元 8 角 8 分。」

總理的一席話可謂語驚四座，人們對他的機敏應變佩服得五體投地。

◆ 3. 轉移注意

在一次頒獎晚會上，主持人出了道難題給一位男嘉賓，主持人拿出三朵玫瑰，讓男嘉賓送給生命中三個最重要的女人。現場有那麼多男嘉賓的朋友，而玫瑰只有三朵，到底要送誰呢？送給她們當中任何三個人，其他人都會有想法。對此男嘉賓稍稍思考了一下，微笑著說：

第一朵玫瑰，我想送給我的家人。這個家人我指的是和我共同戰鬥這麼多年的家人，包括我的老闆，包括我的經紀團隊和我的經紀人，我的化妝師，我的宣傳團隊，也包括一直與我走在一起我的粉絲們。我希望可以讓主持人幫我代領。

第二朵玫瑰，我覺得應該送給我的另一半。雖然目前還沒有，但是今天在臺上有一位女士曾經演過我的另一半。所以我想請她代收，妳替我保管好了，等我找到的時候，我跟妳要回來。

第三朵玫瑰，我要送給我的親人，是跟我有血緣關係的親人。當然是我的媽媽，我也想送給我未來的女兒。這不僅僅是血脈的延續，我覺得這也是愛的傳遞。當然，我也想過，萬一我生的是兒子，我同樣要把這朵玫瑰花交到他的手

上，我要讓他知道這朵玫瑰是帶刺的，在通往鮮花和掌聲的
道路上，也是一條披荊斬棘的道路。

如何處理內容多、時間少的問題？

事先應通盤謀劃，留有餘地，不能滿打滿算，這個時間
掌控問題在第一章內容準備階段中有詳細分享過。

也可以壓縮某些內容，刪除某些句子、段落和事例，比
如三個事例，減少到一個事例。

特別要注意的是，即使時間不足，結尾也要使用概括性
的語言，要保持整個演講的完整性，不能說「因為時間的關
係，今天的分享就到這裡」。

反之，如果是內容少，時間多呢？這個時候，我們的事
例就可以增加一些，內容可以拓展一些。

在這裡，我特別提醒一下大家，尤其是演講經驗不是很
足的朋友，為了預防突發情況的發生，比如臨時因為流程的
變化導致發言時間需要縮短或者加長，我們可以事先準備標
準版、短版、長版三種類型的演講稿，以備不時之需。

如何處理外界環境干擾？

有一年，一位相聲表演藝術家在表演相聲《婚姻與迷
信》，正說道：「前面有一個火盆，旁邊人舉著一杯酒，當新
娘子邁過去的時候，往上面一灑，火苗子一起來，預示著他

們以後的生活熱熱鬧鬧的。可是，您說這要是把裙子燒著了怎麼辦？」觀眾在下面「譁」地笑了。而這時，外面有輛消防車剛巧經過這裡，觀眾的注意力一下子轉移了，都在扭頭向外看，現場的秩序一下亂了。此時這位藝術家卻很鎮靜，他說道：「各位，您聽見了沒有，這說不定是哪家結婚把裙子點著了。」觀眾一樂，都又回來聚精會神地聽相聲了。

大師不愧為大師，這位藝術家用他的機敏才智把突發事件和自己的表演內容巧妙結合，結果相得益彰、妙趣橫生。

分享中，還有一個外界干擾比較大的就是手機鈴聲突然響起，所以有的培訓現場會專門設定一個集中存放手機的「養機場」或「停機坪」。而我一般會在培訓的破冰環節和大家玩一個小小的互動，從而避免這種干擾發生。

請大家把手搭在旁邊夥伴的肩膀上，然後眼睛深情地看著對方的眼睛說，「如果一會兒上課我的手機響起，我就把它送給你」，一般在眼神對望的時候很多人就會忍不住想笑了，再加上後面一句，現場的氛圍更熱烈了。大家做完這個互動，加上設定了獎懲機制，一般都會把手機調整好。

有時候，現場出現的干擾因素，恰恰是給予你臨場應變和即興發揮的契機，需要你抓住時機再創造。

裝置出現問題該怎麼辦？

　　某頒獎晚會上，頒獎嘉賓拿的裝置無法顯示獲獎人姓名，遇到這種事情，兩位頒獎嘉賓瞬間慌了神，左顧右盼尋求幫助，現場逐漸尷尬起來。

　　這時，一位主持人問另一位主持人：「你確保你能解決這個問題嗎？」這位主持人回答說：「當然，我們除了有最高階的科技之外，我們也有最原始的手段。」說著就從容地走向頒獎嘉賓遞上了手卡，從而及時化解了尷尬。

　　我們在第一章中提到，在環境的準備方面要提前對電腦和投影機、音響麥克風以及演講 PPT 的放映進行檢查，如果在檢查中沒有出現問題，但是在演講的過程中裝置突然出現狀況該如何解決呢？

　　比如麥克風這個裝置。有一次我為 100 多位聽眾做演講培訓，我習慣性和助理提前一個小時到達會場準備。在檢查時所有麥克風都是沒問題的，但是在使用過程中麥克風突然出現刺耳的聲音，我雖然覺得有點意外，但是沒有表現出絲毫驚慌，而是把麥克風放在講臺桌上，示意工作人員處理，我還是繼續和現場的聽眾分享，只是在此時會刻意加大音量。這個細節讓主辦單位邀請的一位嘉賓看在了眼裡，事後和主辦單位負責人說：「你們請的這位老師遇到突發狀況能這麼從容淡定，看得出來授課經驗很豐富。」

在演講中，有些分享者遇到裝置突然出現意外，可能會驚慌失措、手忙腳亂，嚴重影響了自己的心情和分享的效果。這個時候一定要保持冷靜，在工作人員處理期間，可以靠近觀眾，加大音量，繼續分享。

無論是授課還是演講分享，我都會做好沒有 PPT 的準備。

多年前，我到一家集團公司面試培訓主任，當時第一輪就遇到了這種情況，面試官突然說，「不要用 PPT，妳直接試講吧」。因為我心裡早預設過這種場景，所以並沒有表現出慌亂，還是自信、流暢地進行了試講，最終順利進入後面兩輪面試，應徵成功。

優秀的分享者都具有很強的臨場應變力，但這種能力並不是一蹴而就的，如果準備不足，知識儲備不夠，那麼就會陷入尷尬的局面，只有博覽群書，勤於思考，持續上臺實戰演練，累積多了，應變力才會不斷增強。因為，只有在人後極其努力，才能在人前毫不費力！

第七章

互動法則
—— 巧妙互動，演講氛圍不冷場

　　演講不是獨角戲，站在臺上，你不是講單口相聲，要和臺下聽眾互動，才能不斷地抓住觀眾的注意力。活躍氣氛讓演講不冷場，演講效果會更佳，所以在這一章中會為你分享與聽眾高效互動的七大技巧。

　　研究顯示，一個成年人注意力完全集中的時間是 35 分鐘，35 分鐘過後會有一個注意力渙散的過程，渙散後每個人恢復注意力集中的快慢各不同。在訊息大爆炸的時代，人們的注意力更容易分散，比如手邊有一部手機，就讓我們忍不住想看看有沒有電話、私訊。

　　在演講中，如何應對聽眾注意力渙散的問題？在這之前我們要意識到作為演講者，如果在舞臺上全然不顧聽眾，只是自娛自樂，沒有互動，演講就成了單口相聲，演講者就是在唱「獨角戲」，很容易讓聽眾的注意力渙散。一場僅有演講者單方面的、單調的演講，過程容易枯燥，讓人昏昏欲睡，演講效果就會差強人意。因此，只有加入互動，才能把聽眾都帶動起來，聽眾才會有更好的體驗感。

　　演講互動的主要目的首先是服務於演講的目標，有利於目標的達成；其次是增強觀眾的參與度，讓觀眾也參與主題的討論；最後是活躍現場氣氛，避免冷場。

　　接下來我分享 7 種實用有效的方法。

▌動起來：肢體互動

首先，肢體互動，不只是讓聽眾的身體動起來，而是一方面引導聽眾參與到演講中，另一方面還要具有啟發性。

有一次上課，我請學員用兩個手掌比一個「人」字，接著讓大家互相觀察，學員會發現從對方角度看是「入」字。說明我們在生活和工作中，站在不同的角度看事物，結果是不同的，因此，要學會換位思考。

這樣簡單的一個互動既讓聽眾有參與感，又匯入了主題。

其次，巧妙設計肢體互動，能引發聽眾的觸動和共鳴。

比如我曾經輔導一位學員分享「女性獨立」這個主題，現場大部分聽眾都曾是家庭主婦，我在她的演講中設計了一個肢體互動：讓大家伸出雙手，先掌心朝上，再掌心朝下。做完這兩個動作後，告訴聽眾其中的含義：掌心朝上意味著乞求索取，掌心朝下意味著分享給予。再發問：你想過怎樣的人生？是掌心朝上還是掌心朝下呢？

最後，同一個肢體互動方法，可以引申出不同的主題和觀點。比如用「十指交叉」這個動作，能提煉出兩個觀點。

觀點一，習慣的力量。具體操作是：

帶領聽眾把雙手十指交叉在一起，隨後讓左拇指向上和

187

右拇指向上的人分別舉手示意，告知大家這是個人的習慣導致的。接著讓大家換各自拇指在上的動作重新做一次，比如右拇指在上的人換成左拇指在上，一定會感到不舒服，以此推論出習慣給人的影響。

觀點二，演講需要全腦思維。具體操作是：

先展示一張人的大腦圖，告知左右腦分工不同，左腦重在邏輯推理，右腦偏向形象思維，左腦支配的是右手，右腦支配的是左手。

這時候讓學員十指交叉，注意觀察是左手大拇指在上，還是右手大拇指在上。接著讓大家舉手示意自己的情況，對左拇指在上的學員說：「這說明你們的右腦發達，情感細膩，家庭幸福。」對右拇指在上的學員說：「你們的左腦發達，說明思維縝密，事業成功。」最後我再說：「其實剛才只是一個玩笑，但是相信每個人既希望家庭幸福，也希望事業成功。同樣，演講也是如此，既需要左腦的理性，也需要右腦的感性，所以，我們在演講中要具有全腦思維，就像左腦擅長講道理，右腦擅長講故事，如果整個演講只有道理，會顯得枯燥，但是只有故事，會顯得沒有深度。」

這是我在講故事培訓中設計的一個互動，學員在這個過程中，也加深對觀點的理解和認識。

▌說起來：語言互動

語言互動包含提問和語言引導兩種形式。

提問分為封閉式問題和開放式問題

◆ 1. 封閉式問題相當於判斷題和選擇題

判斷題：你會不會開車？

選擇題：你吃包子還是三明治？

◆ 2. 開放式問題相當於問答題

比如：你早餐吃了什麼？

你認為新手司機開車應該注意哪些事項？

使用提問，有四點需要注意：

第一，問題不要太多。不要連續問好幾個問題，一般不超過三個，數量太多會增加問題的難度。

第二，問題本身不要太難。尤其是開場的問題最好以簡單為主，聽眾容易做出回應，否則容易出現冷場的尷尬。要預想到不同結果聽眾的反應，提前思考應對的方式和話術。

第三，問題要適合現場聽眾。如果現場是大爺大媽，你問「去年 GDP 增長了多少」，這個問題顯然不符合現場聽眾的認知範圍，如果你問他們「曾經在買菜的時候有沒有收到過假錢」，相信現場會有人參與互動，這再次說明了提前了

解聽眾資訊的重要性。

第四，動作引導。在提問中，如果需要讓聽眾配合你做出肢體上的回應，你要自己先做起來進行帶動，這在演講中叫做動作引導，如此更容易把聽眾情緒帶動起來。

語言引導

在分享中，可以運用語言引導的方式，創造與聽眾的互動。比如眾所周知的一句話「三人行，必有我師」，在「三人行」這裡停頓一下，有些聽眾會忍不住跟著一起說出來後面的內容，但是要注意引導的內容不要太難。

我曾經的一位學員，很喜歡在開場白引用很生僻的詩詞，又喜歡和現場的學員互動，很多時候，說完上半句，下半句根本沒人能接上，現場變得很尷尬，也影響自己接下去演講的信心。

另外語言引導時要注意語速，不要過快，演講者在希望和聽眾互動的地方停頓，給予聽眾互動的時間，並作好應對「冷場」的準備。

▌用起來：道具互動

在第三章中，我們說到開場可以使用道具法，而在演講的過程中，道具也是一個很好的與聽眾互動的方式。

　　有一位講師在培訓中拿起桌上的一杯水，問學員：「各位夥伴，大家覺得這杯水我能不能拿 1 分鐘？」大部分人都說沒問題，講師又問：「如果拿 5 分鐘呢？」這時候小部分人說沒問題，接著，講師問：「拿 1 個小時呢？」大家紛紛表示說不可能。

　　最後講師總結說：其實這杯水的重量是一樣的，但是你如果拿得越久，就會覺得越沉重，這就像我們承擔著壓力一樣，如果我們一直把壓力放在身上，不管時間長短，到最後就會覺得壓力越來越沉重而無法承擔。我們要做的是：將承擔的壓力適時地放下並好好地休息一下，然後再重新拿起來，才可以承擔得更久。就像這杯水，不休息堅持拿著 1 個小時不太可能，但是透過休息、再拿起這樣的節奏，進行調節，這樣就能輕鬆做到。

　　用簡簡單單的一杯水作為道具與現場學員互動，不僅更能突顯觀點，也給人留下深刻印象。

　　在演講中，除了實物道具以外，還有一個很重要的道具──PPT。

　　雖然 PPT 在演講中是錦上添花的角色，但是有時候聽眾會根據你的 PPT 品質來評判你的演講。如果你的 PPT 設計品質高，會增加聽眾對你演講的興趣度；反之，如果 PPT 設計得糟糕，他們會認為，你都沒有時間設計 PPT，想必也沒有

花費太多時間準備演講。

　　我曾經輔導過一位地產產業的學員，當時他馬上要參加專案經驗分享演講比賽，演講需要藉助 PPT 來呈現。在輔導他的過程中，我們從 PPT 的內容和排版等方面進行了反覆打磨優化，在初賽時，學員表現很出色，有位評委說：「這個 PPT 是目前為止做得最好的，也可以看出來你很重視這場比賽。」因為有這個優點的加持，他給評委留下了很好的印象，最後，這位學員初賽獲得了第一名的好成績，後來他參加決賽，又獲得了總冠軍。

　　所以，在演講中不能忽視對 PPT 的美化，但是很多分享者在製作 PPT 上都會出現以下問題：

* ★ word 搬家，滿版都是字；
* ★ 語言無提煉，沒亮點；
* ★ 邏輯混亂，沒有重點；
* ★ 文字太小，層次過多；
* ★ 模板混亂，不統一；
* ★ 色彩混亂、多而雜；
* ★ 圖片低劣、圖片太多、圖表堆砌；
* ★ 動畫混亂，令人眼花撩亂。

　　我們製作 PPT 輔助演講的目的是促進溝通，製作不美觀的 PPT 反而會影響溝通效果。所以我們說「一流的演講配

上三流的 PPT，只能獲得二流的演講效果」，我們要做的是「一流的演講配上一流的 PPT」。

製作 PPT 時要記住三個原則

◆ 1. 以少勝多

三三三原則，整個 PPT 裡顏色、字型、層次、動畫特效、表現形式盡量不要超過三種，否則會給人感覺太凌亂。

◆ 2. 突出重點

內容上要做到精準提煉，富有新意；形式上可以透過改變顏色和字型、加大字體、加粗等強調重點，盡量不要用斜體和藝術字，同一張 PPT 上重點最好只有 1 個，最多不要超過 3 個。

◆ 3. 風格一致

模板、結構、字型、動畫特效整體風格保持一致。PPT 整體要求：文不如字、字不如表、表不如圖，配圖要力求準確表達文字的意思，圖片品質要高，不能帶浮水印。

大家會看到很多發布會的 PPT 都是屬於海報級別的，PPT 現在都是力求簡單直觀，很多文案都是金句的形式，這也有利於演講訊息的傳播；另一個就是要生動形象。

　　大家看一下以下這三種呈現方式，哪一種在 PPT 上的表達是最生動形象的呢？

呈現一

　　1992 年，阿特・西爾弗曼遇到一個問題：

　　如何讓美國人了解電影院一包中包爆米花含 37 克飽和脂肪酸，而美國農業部建議一頓正常的飲食所含的飽和脂肪酸不得超過 20 克，一包爆米花就能提供差不多成人一天所需的飽和脂肪酸。

呈現二　　　　　　　　　　　　　呈現三

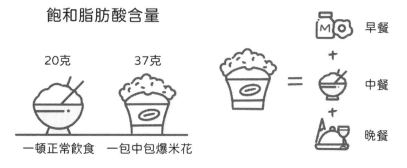

圖 7-1 飽和脂肪酸含量　　　圖 7-2 成人一天所需的飽和脂肪酸

　　毋庸置疑，一定是第三種，簡單、直觀、生動，更有吸引力、更令人難忘。

　　所以說一圖勝千言，要透過視覺方式呈現你的觀點。在製作 PPT 中千萬不要用滿版的文字去填滿，反而文字越簡單

越好，再配上圖片，簡單明瞭，更易於聽眾接收訊息觀點，並且把注意力放在聽你的演講上，而不是閱讀 PPT 上。

▎玩起來：遊戲互動

在演講中，加入遊戲的元素，會極大提升聽眾的參與度，活躍現場的氛圍。

比如，在演講或培訓開場時，可以玩一個破冰遊戲——「初次見面」，讓大家活絡起來，消除彼此的陌生感。

第一步，為每一個人製作一個姓名牌。

第二步，讓每位成員在進入培訓室之前，先在名冊上核對一下姓名，然後給每個成員一個別人的姓名牌。

第三步，等所有人到齊後，要求所有人在 3 分鐘之內找到姓名牌上的人，並互相做自我介紹。

所以，當聽眾在尋找姓名牌上的人時，也同時認識了其他的人，透過這個遊戲，拉近了大家的距離，也帶動了現場的氛圍。

再比如為了讓聽眾深刻感受團隊間合作、分享的重要性，我們可以玩一個「迴紋針用途」的遊戲。

第一步，每個人先自己寫出迴紋針可能的用途，不能和其他組員交流。

第二步，將組內所有人寫出的作用整理在一起，同時大家還可以繼續討論產生新的想法。

第三步，將所有組關於迴紋針的作用整理在一起。

在遊戲中，大家能透過這種腦力激盪的分享方式，感受集體的力量遠遠超過優秀的個人力量，所以，在平時的工作中，可以採用腦力激盪的方式找出問題的解決方案或者創新想法。在腦力激盪的過程中應該遵循以下原則：不批評別人的意見；歡迎異想天開；注意數量而不是品質；不突出個人表現，強調人人參與，並對各種想法進行組合和改進。

我曾經在為一家連鎖教育機構的管理層做講師培訓時，自創了一個知識點回顧遊戲「丟皮球」。當時，我需要在第二天上課前幫助學員回顧第一天所學的知識點，我放棄了老師回顧和提問加分的一般方式，改用遊戲的方式。

第一步，準備一個皮球，把組與組的成員打亂後，手拉手圍成一個大圈。

第二步，當音樂響起時，皮球開始傳遞；當音樂停止時，手拿皮球的人回答 PPT 上準備好的題目。

第三步，回答正確給這位學員所在的組加分，回答錯誤不扣分，但是其他人可以搶答獲取分數，並最後公布正確答案。

透過這個遊戲，現場的氛圍非常歡樂，同時不論學員是否拿到球，都非常關注問題和答案，對於知識點的記憶更牢了。

▌演起來：模擬互動

蘇格拉底曾經說過：教育不是灌輸，而是點燃火焰。同樣，演講要注重對聽眾的引導，而不是填鴨式的灌輸，用情景模擬啟發的方式會讓他們體驗更深刻，也更容易接受和認同。

比如技能類的分享：

案例 1

在「面試技巧」主題演講中，演講者分享完後，可以邀請現場兩位聽眾分別模擬「考官」和「面試者」的角色，在情景模擬中，觀察是否正確使用了分享中的技巧，便於從中找出改進點不斷精進優化，也給現場其他更多聽眾啟發。

案例 2

在「餐飲客訴處理技巧」主題中，邀請兩位聽眾分別扮演「顧客」和「服務員」的角色。假設「顧客」在菜裡發現了異物，找來「店員」投訴，觀察這位「店員」是否能妥善解決這個問題。

模擬後，主講人根據「店員」的處理方式進行分析，這個環節也可以邀請其他聽眾參與，互動中可以給予獎勵。

特別要說一下，我到企業參加授課時，一般採用分組 PK 的方式，根據每組的表現情況進行打分數，並且在適當的環

節公布成績，最後評出表現出色的小組及個人，再給這些團隊和個人獎勵。這種分組 PK 的激勵機制，能激發聽眾的參與度，形成團隊間你追我趕的活躍氛圍。

除了技能類的主題分享可以採用模擬外，情感類的分享也可以。

比如「親子溝通」的主題演講，可以設計一個情景模擬，讓孩子以家長的身分，家長以孩子的身分進行角色互換，演繹日常溝通的場景，結束後，邀請雙方各自分享自己的感受，相信有的「孩子」在分享後，一定會很觸動和感動。在這種情景模擬互動中，自己的親身感受、體悟，遠比單一的理論灌輸更為深刻。

▌考起來：大腦互動

演講中，出一些需要大腦思考的「考題」，也能引起聽眾挑戰的興趣。

在邏輯這堂課上，我會用《金字塔原理》一書中一個生活場景對話，考驗大家的記憶力，讓學員用 10 秒快速看完以下內容，時間到了後，我切換 PPT，問他們剛才這段內容中，老婆說了什麼？你還記得嗎？從而引出結構化分組的重要性。

當你決定離開冷氣房，出去買一份報紙，你對妻子說：「我想出去買份報紙，妳有什麼要我帶的嗎？」

「太好了，看到電視上那麼多葡萄的廣告，我現在很想吃葡萄，買兩斤葡萄。」妻子說。

你從衣櫃拿出外衣，妻子則走進了廚房。

「我看冰箱裡的牛奶不夠了，買一包牛奶和二斤雞蛋。」妻子說。

當你穿上外衣向門口走去，你開啟房門，妻子說：「還有塊奶油。」

你開始下樓梯，妻子說：「優酪乳、橘子、蘋果都買一點。」

還可以出一些趣味「考題」。

「一筆變字」，給「王」字加一筆，會變成什麼字呢？你也來填寫下。

王（　）王（　）王（　）王（　）王（　）

正確答案：

王（玉）王（五）王（丑）王（主）王（丰）

除此以外，我們還可以使用圖片、腦筋急轉彎、選擇題、連線題等方式來設計「考題」互動，我在分享「演講設計六步法」中，設定了一個「正確排序」的互動：把確定演講目的、了解聽眾的組成、確定演講主題、撰寫演講提綱、蒐集演講素材、撰寫演講稿這六步順序打亂，現場讓聽眾思考並回答正確的排序。所以，大腦互動的方式是多種多樣的，大家可以根據自己的內容和希望達成的目標來設計。

▌拍起來：掌聲互動

在演講中，我們渴望獲得掌聲，一場演講，如果掌聲越多、越熱烈，而且是聽眾發自內心主動鼓起掌來，從這個角度看，你的演講效果應該不會太差。

在演講中，我們可以引導聽眾給你掌聲。那麼如何讓聽眾鼓掌呢？

為活動的主辦單位鼓掌

我們把掌聲送給活動主辦單位的每一個人，感謝他們的辛苦付出，沒有他們的付出，就沒有我們今天聚集在這裡的演說。

為聽眾的學習精神鼓掌

有一次我到一家企業培訓，企業的老闆也在現場，我是這樣說的：「一個不斷學習的企業是富有生命力的，一個重視員工成長的主管者是富有格局的，讓我們把掌聲送給自己，也送給林總！」

再比如，有一次演講開場我是這樣說的。

哈佛有個著名的理論：上帝公平地給了每個人每天三個 8 小時，第一個 8 小時是睡眠時間，第二個 8 小時是工作時間，第三個 8 小時是業餘時間。有調查顯示：人與人之間的差距取決於第三個 8 小時。今天是週末，大家放棄了休息娛

樂的時間來學習，說明大家都是一群努力上進的人，所以把掌聲也送給我們自己！

　　既與聽眾形成了互動，也讚美了聽眾。

聽眾之間互相鼓掌

　　現場的男士為女士鼓掌；老員工為新員工鼓掌；年輕人為老人鼓掌；本地學員為遠道而來的學員鼓掌；業績好的人為業績沒有達成的人鼓掌，以此鼓勵他們完成業績目標。

　　有一次我們機構有位遠道而來的老者參加培訓，我是這樣說的：

　　這個時代沒有「60後」、「70後」、「80後」、「90後」、「00後」，只有落後！今天在我們現場，有一位夥伴專門遠道而來參加課程，在這裡，對於李××同學這種終身學習的精神，我們要給予熱烈的掌聲！

　　以上對互動的作用和方法進行了詳細的分享，那麼互動中有哪些問題是需要注意的呢？

互動中的注意事項

◆ 1. 互動要緊扣演講主題

　　互動只是促進有效演講的手段，並非目的，更不是追求場面和氣氛的工具。如果為了互動而互動，聽眾容易脫離對演講主題和演講目的的關注。

◆ 2. 互動要講究聽眾對象

　　有價值的互動是能讓聽眾體會、領悟的，要重視個體聽眾或群體聽眾的差異性，選擇適合聽眾對象的互動方式，如果面對的是一些保守嚴謹的聽眾，一般不建議採用過多互動，因為容易有冷場的風險，要避免弄巧成拙、適得其反。

◆ 3. 互動要注意靈活性

　　同樣的互動方式，由於受到聽眾、環境、流程、主題、目的、時間等因素的影響，最終呈現的效果會有明顯的差異，所以要靈活使用。

第八章

臺風法則
── 專業風範，肢體語言規範技巧

語言分為兩種，一種是有聲語言，透過聲音來傳遞訊息；另一種是肢體語言，是透過體態、手勢、表情、眼神等非語言因素，傳達訊息的一種言語輔助形式。在這一章中，將會分享如何塑造專業的臺風，從而提升演說的形象力和表現力。

先來玩一個小互動：找家人或朋友，用以下三種方式和對方說：「你的口才真棒！」結束後，詢問對方的感受。

★ 無表情、沒有手勢、不看對方。

★ 有表情、沒有手勢、看著對方。

★ 有表情、有手勢、看著對方。

大家認為哪一種效果是最好的？無疑，是第三種。

第一種，雖然嘴上說著誇讚對方的語言，但是因為沒有做任何表情、手勢，更沒有看著對方說，這樣會給人一種缺乏真誠和尊重的感覺。

第二種，雖然有表情，也看著對方，但是沒有手勢動作，誇讚的力度不夠。

第三種，既有表情，也有手勢，還看著對方說這句話，讓聽的人感覺到了對方發自內心的讚美。

在互動中，大家應該會明顯感受到，當表情、手勢、眼神都具備的時候，我們說話的聲音都隨之發生改變，會從平淡冷漠到熱情洋溢。

同樣的一句話，為什麼運用不同的方式表達，能產生不同的效果呢？

在以上這個互動中，我們的表情、手勢、眼神都屬於肢體語言。美國心理學家艾帕爾的研究顯示：人的情感表達由三個方面組成，55%的肢體語言＋38%聲調＋7%文字。由此可見，肢體語言在演講中，對於人的情感造成很重要的作用。

我們可以在卓別林的默劇中發現，雖然他沒有發出聲音，但是透過誇張的表情、肢體動作等生動的演繹，能讓觀眾看得懂其中的故事情節，感受到人物的情感變化。

語言分為兩種，一種是有聲語言，透過聲音來傳遞訊息；另一種是肢體語言，是一種輔助性語言，透過體態、手勢、表情、眼神等方式傳遞訊息。

肢體語言具體在演講表達中有什麼作用呢？

塑造演講者自身形象。想像一下，如果演講者只是呆板地站在舞臺上，像個木樁，演講內容沒有結合肢體語言進行演繹，實際上演講感染力會降低很多。

輔助有聲語言。在互動中，當我們說對方很棒的時候，可能會不由自主地豎起大拇指，這樣的輔助表達，能加強演講內容的感染力。

加強語言訊息的可信度。演講中，如果演講者呈現挺拔的站姿、有力的手勢、堅定的眼神、自然的表情，將會增強聽眾對內容的信任感。

美國一個語言專家透過研究得出結論：人的感覺印象中，有 77％來自眼睛，14％來自耳朵，9％來自其他感官。很顯然，視覺印象在頭腦中保持時間超過其他器官。肢體語言就是屬於視覺訊息，但是還有一個比較容易忽略的視覺語言，就是演講時的著裝，它也是視覺呈現的一部分，所以我們先從服飾語開始分享。

▋服飾語：佛要金裝，人要衣裝

有句話叫做「佛要金裝，人要衣裝」，得體的著裝也能為演講加分。這不僅是為了符合你的發言形象，更展現你對演講的重視及場合的尊重。

在著裝上，有個「TPO」原則，「TPO」是英文 Time、Place、Object 首字母縮寫。T 代表時間、季節、時令、時代；P 代表地點、場合、職位；O 代表目的、對象。「TPO」原則是世界通行著裝打扮的最基本原則，它要求人們的服飾應力求和諧，以和諧為美。著裝要與時間、季節相吻合，符合時令；要與所處場合環境，與不同國家、區域、民族的不同習俗相吻合，符合著裝人的身分；要根據不同的交往目的，交往對象選擇服飾，給人留下良好的印象。

同樣，在演講中，根據「TPO」原則，要注意「四個」協調。

與演講主題協調

根據演講主題確定著裝。很多企業都有自己的工作服，如果是在正式場合發言一般就是穿正裝或工作服。但是如果遇到一些特殊的場合，比如今天是一個旗袍主題，主持人就要穿旗袍了；如果今天是一個運動風主題，主持人就要穿休閒運動的服飾，會更符合主題的氣質。

與演講場景協調

在某檔節目中，當碧水隊和藍天隊分別為某新款櫥櫃做現場推介時，由於現場的場景是一個廚房，碧水隊隊長以媽媽的角色和女兒對話，從而引出售賣產品，她和女兒的著裝都很生活化；而藍天隊則不然，兩位主講者都穿著正裝，其中一位還笑稱「我今天穿的是我當年結婚的西服」，以此表達對這場活動的重視。但是顯然，正裝和廚房這個場景是非常不符合的。所以，我們的著裝要和場景協調。

與演講聽眾協調

服裝款式一定要與現場氣氛和諧，與聽眾的裝束相協調。比如今天我到一家企業上課，學員都是「00 世代」的年輕員工，那麼我的職業裝就不能過於沉悶，要選擇職業中帶著一點親和感的顏色和款式。

與演講者身分協調

　　穿著要符合自己的身分角色。比如我是一名講師，那麼要呈現給學員的第一印象，一定是要專業、穩重，能給人傳遞信任感，而不是不拘小節，邋裡邋遢。

　　雖然不能過度關注一個人的外表而忽視了其內在的品質，但我們也要認知到：一個人的名字，是一個品牌；一個人的形象，更是一張名片。衣著得體、外表端莊是對他人的尊重，也是自我成熟的表現。

　　人與人之間，第一印象的產生，只需要 45 秒，而這 45 秒的印象，就來自於外表，外在的衣著打扮可以展現一個人內在的素養。那 45 秒的印象，留存在腦子裡的時間可能是永遠。所以說，無論是在平時的生活還是工作中，我們一定要在第一時間給他人留下良好的印象。

　　此外，演講時，服飾也可以成為一個「道具」。

　　曾經有位學員演講時穿了一件優雅美麗的旗袍，在演講開場，她引出這件旗袍其實是她 10 年前最喜歡的一件衣服，也代表了那段很美好的歲月，演講也由此展開。

　　演講時，固定的服裝打扮能形成一種獨有的標籤。

　　賈伯斯演講時總是穿著他的代表性服裝：黑色高領衫配上牛仔褲和球鞋。他說：「我請三宅一生為我製作了一些我喜歡的黑色圓領羊毛衫，他們就做了一百件，這些夠我穿一

輩子了。」Facebook 的創辦人祖克柏的標配就是黑色休閒外套、灰色T恤、牛仔褲；香奈兒藝術總監卡爾·拉格斐（Karl Lagerfeld）永遠是經典的白襯衫和黑西裝，任何時候人們一想起他，都是這一身辨識度極高的著裝。

所以，你也可以打造一個專屬於你的服裝搭配標籤。

▌姿態語：讓演講更得體

姿態語，我們分為走姿、站姿。因為在演講中能站就不建議大家坐著演講，所以這個部分我們主要分享走姿和站姿。

走姿

演講並不是從你站在舞臺上才開始的，在你走向舞臺的過程中，聽眾就開始關注你了，所以這個時候就要注意我們的言行舉止。上場時，步伐一定要自信，不能邁小碎步，不能顯得太慵懶，挺直身子，保持精神飽滿。要記住：

從容不迫、落落大方、步伐自信。

不能鬆鬆垮垮，隨隨便便，弓背彎腰。

不能矯揉造作，扭捏作態，怪模怪樣。

不能缺乏謹慎，匆匆忙忙，大步流星。

不能過於遲緩，拖拖拉拉，萎靡不振。

第八章

臺風法則 —— 專業風範，肢體語言規範技巧

　　上臺的位置我們要注意，一般從舞臺側面上下臺，不要從舞臺中間上，因為屁股對著聽眾上臺，不雅觀也不禮貌。

　　除了要注意登上舞臺的走姿外，還要注意在舞臺上的走姿。

　　大家要明白，所有在舞臺上的走動都應該有一定的目的。漫無目的地走來走去，不僅毫無意義，還會把聽眾弄暈。

　　在舞臺上走動有四種方式：

　　第一種，模仿某個場景。

　　比如，你在說「我從高雄來到臺北」時，可以從 A 點走到 B 點，而 AB 兩點就分別代表了高雄和臺北。

　　第二種，根據故事的內容來走動。

　　假設你有三個觀點或者三個故事，可以在臺上挑選三個位置。比如，說到人生中的三次挑戰，每一次講完都可以走到另一處再做分享；或是根據故事發展的情節來走動，比如從背景到衝突到意外到結果等不同環節來適當走動。

　　第三種，根據角色的切換來走動。

　　比如，講到三代人 —— 爺爺、父親、我，可以分別走到不同的位置進行表達。

　　第四種，根據時間軸來走動。

　　比如，講述職場中不同時間點遇到不同的貴人時，可以更換不同的位置。不同點分別代表著故事的一個特定時間。

我們在分享的時候不一定是杵著不動，除非麥克風已經被固定在某個位置上了。如果希望讓演講的效果更好，就要充分利用舞臺的前後區域。比如，在表現你很害怕時，就可以往後退幾步；總結觀點提出結論的時候，你可以向前走幾步，來到舞臺中心。舞臺上的走動是可以精心設計的，我們要充分利用整個舞臺，但是注意走動不宜太過頻繁。

站姿

◆ 1. 站立的位置

站立的位置分為兩種情況，站在舞臺的中間和舞臺的側面。

站在舞臺中間。沒有 PPT 展示，只有一個背景板，或者我們看到一些大型發布會的現場，因為螢幕很大，PPT 又是海報級別的設計風格，文字不多，所以 60％的時間主講者會站在中間，左右兩邊的時間各分配 20％，這樣能照顧到全場的聽眾。

站在舞臺側面。如果今天我們使用的是投影布幕或者 LED 螢幕，在 PPT 資訊較多的情況下，建議還是站在側邊的位置，方便下面的聽眾看清楚 PPT。這裡有一個需要特別注意的事項：我們要避免站在投影機投射的位置，否則你的「倩影」就會出現在後面的螢幕上，字也會出現在你身上。

在一次教育培訓活動中，有位分享者穿著一身白色的職業裝，站在舞臺中間的時候投影機的光剛好投射在他的身上，此時，尷尬的一幕出現了，螢幕上部分字印在了他的衣服上。這樣既干擾了聽眾注意，又十分不美觀。

另外，如果舞臺上有主講臺，能不站在主講臺後面就不要站，最好走出來，讓全身都能展現在聽眾面前，顯得更加自信和落落大方。

◆ 2. 站姿的要求

對於演講站姿的基本要求：站得正、站得直、立得穩、定得住。這樣才能呈現出自信、穩重、成熟的感覺。身體語言傳達的是一種氣勢，在人們的觀念中，低頭、彎腰等向下的姿勢是軟弱的象徵，即便你有強大的實力，如果總是低著頭走路，在別人看來你就是一個弱者。

但是很多人在站姿中會出現很多問題，比如：重心在一條腿上，另一條腿隨意地往前伸；抖腿、左右前後搖晃。針對這些情況，有個改善小訣竅，站立的時候，小腿繃緊，感覺腳在抓著地面，這樣不僅站得正，也站得很穩。那麼，男士和女士分別可以有怎樣的站姿呢？

圖 8-1 站姿

男士的站姿

第一種，雙腿併攏立直，兩腳跟靠緊，腳尖分開呈60度。

第二種，雙腳可分開，但不能超過肩寬。因為如果雙腳分太開，會讓人覺得傲慢無禮。

我更推薦第二種站姿。

女士的站姿

第一種，丁字步。左腳在前，右腳在後，左腳靠在右腳的腳窩處，角度呈 45 度。

第二種，雙腳後跟併攏，角度呈 45 度。

第三種，雙腳自然分開，窄於肩膀。

我比較推薦後面兩種站姿。此外，在站姿上要避免：兩腿交叉站立、彎腰駝背、左右晃動、踮腳尖、來回走動、身體歪斜、身體抖動等。

▌手勢語：讓演講更有張力

手勢語在肢體語言當中是一個重點也是難點，在手勢方面很多人有這些困惑：不知道如何做手勢，手無處安放，常出現插口袋、背在身後、雙手握麥克風、手勢拘謹、手勢使用混亂等情況。

那麼什麼是手勢語？手勢語就是透過手指、手掌、拳頭、手臂的動作變化來說服和感染觀眾。

手勢語的活動範圍

★ 上區：肩部以上。大多用來表示積極的、宏大的、號召的內容和情感。

★ 中區：肩部至腰。這是使用手勢最多的區域。大多用來表示一般的敘事、講解和說明。

★ 下區：腰部以下。這一區域的手勢用來表達演講者認為不悅的、令人憎惡的感情。

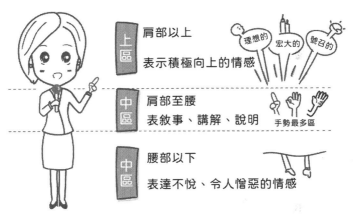

圖 8-2 手勢語的活動範圍

手勢要領 —— 切

在手勢中，要掌握一個很重要的要領 —— 切。如何「切」好呢？四招要領要記牢：

手臂抬於腋下一拳。

手腕硬，不做小動作。

手勢向上，刀根發力。

四指併攏，拇指伸直。

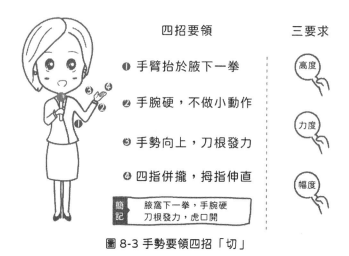

四招要領

❶ 手臂抬於腋下一拳

❷ 手腕硬，不做小動作

❸ 手勢向上，刀根發力

❹ 四指併攏，拇指伸直

簡記　腋窩下一拳，手腕硬
　　　刀根發力，虎口開

三要求

高度

力度

幅度

圖 8-3 手勢要領四招「切」

簡單來記就是：腋窩下一拳、手腕硬、刀根發力、虎口開。

實際上，這就是對於手勢的三要求：高度、力度、幅度。

手勢分類

手勢動作分類包括五種：

◆ 1. 情緒性手勢

表達演講者喜、怒、哀、樂的手勢。高興時拍手稱快；悲痛時捶打胸脯；憤怒時揮舞拳頭；悔恨時敲打前額；急躁時雙手相搓等等。

◆ 2. 指示性手勢

　　主要用於指示具體人物、事物，分為實指和虛指，實指就是人或事物都在現場，比如「下面有請林總上臺致詞」。虛指是人或事物不在現場，比如「藍天白雲」。指示的時候四指併攏拇指分開，把手掌伸向人或事物的方向。

3. 象形性手勢

象形性手勢

　　主要用於模擬演講中人或物的形狀、高度、體積、動作等，給聽眾生動、明確的形象。這個手勢類別特別要「敲黑板」，因為演講從字面上來說，不僅要會講，還要會演，所以這個手勢屬於模仿性手勢，一定要巧妙地與演講內容進行結合使用，這樣會讓演講感染力大大增強。

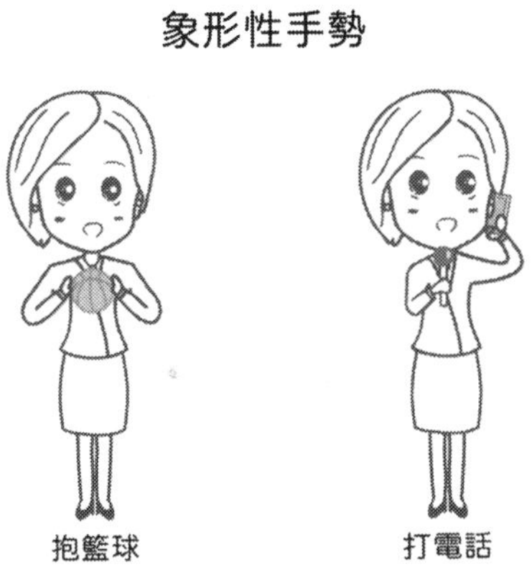

抱籃球　　　　　　打電話

圖 8-4 象形性手勢

◆ 4. 象徵性手勢

　　有一定象徵意義的手勢，比如豎起大拇指，代表很棒；豎起 V 型手勢，代表勝利；等等。但要注意的是，象徵性手勢在不同的國家和民族有著不同的含義。

象徵性手勢

 代表意思：很棒

 代表意思：勝利

 象徵性手勢在不同的國家和民族有不同含義

圖 8-5 象徵性手勢

◆ 5. 邏輯性手勢

這種手勢展現邏輯性，說明數字時，我們的手要在上區，指肚朝著聽眾，要豎直。視覺的呈現和語言相互配合，更容易引導聽眾的思路。

邏輯性手勢

手要在上位

指腹朝聽眾，要豎直

圖 8-6 邏輯性手勢

手勢的注意事項

★ 場面大，手勢大，大場面需要手勢開啟得更大，顯得更加有氣場，反之，場面小，則適中即可。

★ 忌五指分開，忌用手指指向聽眾，單隻手指可以指天指地，指自己，絕對不能指其他人，否則，會讓人覺得無禮。

★ 忌做手勢時中途猶豫，欲做欲不做，這會顯得演講者優柔寡斷。

★ 宜精不宜多，手勢不要太過複雜；不宜太快，讓人眼花撩亂；和語言要同步協調，不能太快或太慢；手勢要有所變化，不能過於單一。

★ 忌雙手背於身後、兩臂交叉抱胸、雙手或單手叉腰、雙手或單手插入衣袋或褲袋中；忌小動作偏多，如：撓癢癢、摳鼻子、揉眼睛、抓耳撓腮、擺弄衣角鈕扣、亂動麥克風、反覆用手摸頭髮。

在手勢動作上大家要注意，如果特別需要抒發情感或者強調內容，手勢可以有所設計，但是不能過於刻意和機械化。自然的演講動作是源於你內心有感而發，有時候瞬間爆發出來的動作反而會更有價值，更能給你帶來驚喜。

小撇步

麥克風的正確使用

在做手勢時，有些場合，尤其是大型場合，會需要使用到一個演講道具 —— 麥克風。使用麥克風時，我們需要注意兩點。

1. 試麥克風

在演講前要確定麥克風是否已經開啟。確認時，可以用食指輕敲麥克風頭測試是否有聲音發出，或者觀察麥克風搖桿上的小液晶螢幕是否已開啟，不要吹麥克風、用力拍麥克風、「喂喂」個不停。

2. 握麥克風

不要兩手握著麥克風，這樣會顯得演講者很緊張。正確的拿法是握在麥克風下方的三分之二處；麥克風不要擋臉、不要貼在嘴巴上；拿麥克風時，麥克風可以與身子傾斜 45 度，麥克風距離嘴巴 3 到 5 公分，有的人拿麥克風過低，以至於聲音沒有辦法很好地傳遞出去；根據聲音大小，可以適當調整嘴巴與麥克風之間的距離；講話時，麥克風隨著嘴巴動，拿著麥克風的時候，嘴巴不能偏離麥克風。

▍表情語：讓情感表達更細膩

表情語包含兩個方面，一個是表情，一個是眼神。

表情

多年前我參加了一場活動，主持人是一個新聞傳播學系的畢業生，所以主持能力毋庸置疑，但是卻有個小瑕疵：口中說著感謝歡迎之詞的他，臉上卻帶著冷若冰霜的表情。

表情是從面部的變化上來反映心理活動和思想感情。我們在演講中，傳遞的感情是不同的，除非是特殊的場合，否則如果從頭到尾都是板著臉說話，一方面，會讓人對你表達的內容產生疑惑，甚至曲解；另一方面，聽眾也會逐漸對你的演講失去興趣。而上述例子中這位主持人出現和語言不相符的表情則令人感到其缺乏真誠。

所以，表情要和所表達的內容相匹配。下面我們來嘗試用不同的情緒說以下的內容。注意，很多人會覺得喜和樂的情緒很相似，其實樂的興奮程度要更高。

★ 喜：演講比賽我拿到第一名了！

★ 怒：你太過分了！

★ 哀：我失戀了。

★ 樂：我今天終於升遷 了！

★ 驚：你竟然是我主管？！
★ 憂：我擔心明天會下雨。
★ 恐：你腳下有條蛇！

大家有沒有發現，訓練中因為我們要做出相應的表情，不同的表情有著不同的情緒，不同的情緒讓聲音也發生了變化。

在表情管理中，我們要注意與演講內容吻合，不因緊張而走樣、避免過分嚴肅、表情不呆板、放鬆且真誠。一般的演講場合，都可以保持微笑，尤其是剛上臺時，我們要拉近與聽眾的距離，更要展示微笑。

表情小練習

第一步，架好手機，調到影片拍攝，鏡頭對準自己。

第二步，根據以下 10 個詞語做出相應的表情，當然你還可以新增更多表情來演繹。

①喜悅 ②嚴肅 ③氣憤 ④吃驚 ⑤得意
⑥痛苦 ⑦難過 ⑧懼怕 ⑨失望 ⑩懷疑

第三步，把影片發給你的家人或朋友，告訴他們你正在做「表情」的練習，請他們猜一猜透過表情，你想表達的情緒是什麼。他們回答的準確率越高，說明你的表情做得越到位。

眼神

我們常說「眼睛是心靈的窗戶」，透過眼睛能表達豐富的思想感情。有一個成語叫「眉目傳神」，可以得知眼神交流是最傳神的非語言交流。

在演講和人際溝通中，眼神有哪些具體的作用呢？

◆ 1. 眼神的力量

展現自信

由於演講時過於緊張，很多分享者眼睛看天看地看牆壁，四處游離、躲閃，不敢看臺下的聽眾，顯得非常不自信。

尊重人

大家一定有這樣的體會，一群人在交流時，如果別人和你對話，沒有看你，會給人一種目中無人的感覺，這也是不太禮貌的行為，對人是不尊重的。

建立親和力

我們說「伸手不打笑臉人」，微笑能拉近與聽眾的距離，同樣，眼神也能表現出親和力。

吸引人

上臺時，我們要做到三定：站定、笑定、眼定。

站定，是指要站穩之後再開始演講，不要還沒站穩在搖晃中就開始分享，顯得不穩重。

笑定，就是要面帶笑容，拉近與聽眾的距離。

眼定，指的是在大型演講場合，上臺時，需要環視 3 秒後再開口，一方面吸引下面聽眾的目光聚集在你的身上；另一方面給聽眾一種沉穩的感覺，同時也能調整好氣息。

提醒人

在演講過程中，若現場出現區域性騷亂等情況，比如交頭接耳、竊竊私語等，可以目光注視這些聽眾，使其領會，提醒他們注意聽講。這樣，眼神便代替了語言呼喚，造成了控場作用，而且照顧到了聽眾的面子。

激勵人

如果在分享中，有人和你踴躍互動，你在這個過程中又不斷給這個聽眾更多的關注，對他來說是一種很大的激勵，相當於強化了這種積極的行為。

◆ 2. 眼神互動的方法

在演講中如何與聽眾進行眼神的交流呢？要遵循一個原則：眼神互動要覆蓋全場。

直視（點視）

這種眼神的交流方式會讓觀眾感覺受到關注和尊重。在演講中保持與聽眾目光交流的好處在於，眼睛在演講過程中，既能輸出訊息，又能接收訊息。演講者在運用目光傳遞訊息的同時，也透過目光察言觀色，接受聽眾的訊息回饋，你可以及時了解聽眾是否理解你的演講內容。

另外，還能鼓勵聽眾注意你的演講，促進聆聽與互動。

我們在與觀眾直視或者點視中，對一個聽眾停留的時間是在 3 到 5 秒，時間過長會冷落了其他的聽眾，讓其他聽眾放棄對你演講的關注和興趣，而被注視者也會感到局促不安。

環視

演講中，我們都需要運用到環視。演講者有節奏地把視線從聽眾的左方掃到右方、從右方掃到左方，從前排掃到後排或從後排掃到前排。特別要注意，如果中間是重要的主管嘉賓和評委席，在眼神互動上要有更多的關注。

巡視

巡視就是邊走邊說，同時和聽眾進行眼神互動交流，這樣聽眾可以跟隨著分享者的思路。而分享者適當走動，也能拉近與聽眾的距離。

有一次，我培訓一家公營企業，會場的舞臺很大，距離

學員很遠，不利於有效交流，所以我選擇站在臺下的位置授課。過程中，我也適當地走到會場中間與學員進行互動。在事後的培訓效果回饋中，有位學員寫道：湯老師還專門走到我們組來互動，讓我覺得很有親和力。

<u>虛視</u>

這種眼神的交流方式適合在大型場合，對聽眾似看非看，因為人太多，也很難看到具體的面孔，演講者可以按照方位來看，在左上角、右上角、左下角、右下角分別找一個點來看，眼神交流一定要覆蓋全場。

無論使用哪種眼神，都是為了表達一定的思想內容和情感，絕不可漫無目的地故弄玄虛。眼神要和有聲語言以及其他體態動作密切結合，協調一致，才能為演講帶來更大的效果。孤立的眼神會顯得單調無力，不能充分實現傳神達意的作用。

◈ 3. 眼神三字訣

在眼神的交流中大家一定要注意三個字「正、定、亮」。

★「正」指的是不斜視、不翻白眼。

★「定」指的是不飄忽不定、不頻繁眨眼。

★「亮」指的是不冷峻嚴厲、不呆視，要有神采。

眼神交流不僅是訊息的傳遞，更是情感的交流。

◆ 4. 眼神交流的兩個坑

在眼神的交流中，往往很多人會掉落到兩個「坑」中。

<u>PPT 照本宣科</u>

阿卡什·卡利亞（Akash Karia）在《打動人心的演講：如何設計 TED 水準的演講 PPT 》（*How to Design TED-worthy Presentation Slides: Presentation Design Principles from the Best TED Talks*）一書中寫過一段話：「在 TED 演講舞臺上，演講效果好的演講者是在利用簡報幫助觀眾而不是自己，他們不會把簡報當作拐杖來依靠，也不會把簡報當作放大的提示器來幫助他們記住演講內容。」

我在輔導學員 PPT 演講時，經常會發現很多人把大段的文字進行 word 搬家，導致 PPT 上的文字很多，密密麻麻的，這一方面是因為學員並不太了解 PPT 的製作技巧；另一方面是學員生怕自己會忘詞。

這種 PPT 不僅不美觀，而且會讓演講者形成照本宣科的演講風格。如果一字一句地把 PPT 上面的字讀出來，也許聽眾會想，你直接把 PPT 給我就好了，我為什麼還要浪費時間聽你講呢？而照本宣科的你，身體也會不自覺地轉向螢幕，背對聽眾，這樣會嚴重影響你和聽眾的眼神交流，既不尊重聽眾，也表現出對演講內容的不熟悉。

　　所以，一定要記住，演講中分享者才是主角，PPT 造成的是錦上添花的輔助作用。

低頭念稿

　　和 PPT 照本宣科一樣，低頭念稿同樣嚴重影響演講者與聽眾的眼神交流。

　　我記得有一次參加一個活動，前面幾位分享者都是拿著稿子正經八百地站在主講臺進行讀稿演講，活動進行到一半的時候，臺下很多人注意力開始不集中，甚至有人低頭玩起了手機。後來有一位演講者自信地走上臺，他沒有選擇站在主講臺前，而是走到舞臺中間，並且全程脫稿、聲情並茂進行演講，與此前的演講者形成了鮮明對比，瞬間吸引了臺下很多聽眾的關注。

　　眼神交流是增強演講感染力的重要因素，透過眼神可以讓聽眾感受到演講者的真誠，同時演講者可以透過眼神接收聽眾的訊息，了解聽眾的反應，及時做出調整。

第九章

聲音法則
—— 先聲奪人，修練聲音感染力

第九章

聲音法則 —— 先聲奪人，修練聲音感染力

心理學家認為，聲音決定了你 38％的第一印象，是你遞給別人的一張聽覺名片。當人們看不到你的人時，你聲音的音質、音調、語速的變化和表達能力決定了你說話可信度的 85％。這一章將與你分享聲音感染力技巧。

多年前，一位波蘭女演員與丈夫來到英國，幾位朋友請他們夫婦吃飯。飯前，大家希望女演員能表演一段節目，正在看菜單的女演員說：「我沒帶劇本，但我可以用波蘭語朗誦一段臺詞。」說完，她聲情並茂地朗誦起來，雖然大家都不懂波蘭語，但都被她的朗誦感動得流下了淚水。女演員的丈夫先假裝面無表情，後來竟忍不住放聲大笑起來。大家十分詫異，他笑著告訴大家：「她剛才朗誦的只是手上的菜單啊！」

聲音的魅力竟然如此之大，哪怕大家語言不通，文字內容普通，但因為聲音有情感，同樣能夠感染到現場的聽眾。

你的聲音也可以透露出你的性格特質和心理活動。

我們都曾被好聽的聲音打動過，也都被不好聽的聲音打擾過。而在演說上，聲音平淡，會讓分享黯然失色；富有感染力的聲音，會讓分享色彩繽紛。所以那位波蘭女演員憑藉著複雜多變的語調變化，就能讓聽眾感動流淚。

好聽的聲音有什麼特點？我總結為以下四點：

★ 清晰度 —— 吐字清晰，圓潤飽滿。

★ 力度 —— 音量適中，鏗鏘有力。

★ 溫度 —— 感情飽滿，聲情並茂。

★ 起伏度 —— 抑揚頓挫，輕重緩急。

　　如何在演講中讓自己的聲音富有感染力呢？分享四個重要的技巧。

▌掌控停頓：富有層次彰顯節奏

　　先玩一個小互動：

　　一天，一個窮秀才到朋友家做客，主人嫌他窮，不想留他過夜，但又不好開口，恰好這時下起了雨，主人便在紙上寫了「下雨天留客天留我不留」這樣一句話，沒有加標點符號。窮秀才看後，拿起筆給這句話加上標點，主人一看，只好留下他了。大家思考一下，這句話站在主客兩人不同角度，怎樣加標點才能表達他們各自的想法呢？

　　正確答案是：

　　主人：下雨天留客，天留，我不留。

　　秀才：下雨天，留客天，留我不？留！

　　中文博大精深，實際上標點符號在不同位置的停頓也會產生不同的意思。而停頓也像國畫中的留白，給人留下想像的空間。

停頓的作用

停頓的作用有很多，可以總結為以下四點。

◆ 1. 集中注意力

為什麼燈塔總是一閃一閃的，明滅有間，是為了節省電力嗎？其實這種閃爍的方式，比無間隙的長明燈，更能刺激夜航者的注意。試想一下，開會時，老闆說著說著，突然停下來，這個時候是不是有一種「此時無聲勝有聲」的感覺，似乎老闆馬上要放大招說重點了。

◆ 2. 留出思考時間

一方面，主要是給聽眾留出思考時間，如果毫無停頓，會讓聽眾跟不上你的節奏，尤其是分享需要消化的訊息時；另一方面，能夠讓分享者有思考的時間，很多人在臺上容易忘詞，有一點是因為腦子跟不上嘴巴，嘴巴迫不及待開口，但是腦子的訊息還沒來得及傳遞給嘴巴，於是造成了忘詞、腦袋空白，所以我們要不慌不忙，善於利用停頓給自己爭取時間。

◆ 3.「趕走」口頭禪

很多人站在臺上演講時，一方面因為緊張，另一方面因為習慣，經常會冒出口頭禪。常出現的口頭禪有「呃」、「嗯」、「然後」、「啊」、「那」、「就是」等詞，在一場演講

中，頻繁出現口頭禪，會讓語言顯得囉唆，既折磨聽眾，也破壞自身形象，讓別人覺得你不自信、不專業、對內容不熟悉等，嚴重干擾訊息的傳遞，從而影響演講的說服力。

如果善用停頓，就能有效「趕走」口頭禪。

在輔導中，面對第一次來上課的學員我都會錄製一段培訓前演講影片，方便上完課後進行培訓效果對照。

曾經有位學員在錄製對照影片後，我們準備一起回看時，我問她：「你知道自己剛才的演講口頭禪有多少嗎？」她說最多只有 10 次吧。沒想到，5 分鐘的演講，她的口頭禪「那」就達 30 多次，這個結果令她震驚不已。

後來，我分享了一個快速有效的方法給她：再想說口頭禪時，就用停頓替換有聲的口頭禪。因此，在最後一次錄製訓練影片時，同樣是即興演講，她只出現了 1 次口頭禪。

除了透過停頓改善口頭禪外，我們還可以透過以下兩點來避免。

充分準備內容

梳理清楚思路，反覆預演甚至彩排，直至對演講內容足夠熟悉。

多累積素材

一般是因為詞窮，說話出現空隙，才會用口頭禪來填充，所以，平時要多累積素材，增加詞彙量，讓自己心中有墨水。

◆ 4. 增強語言節奏感

停頓使語句結構清楚、語意鮮明，能增強語言的節奏感，突顯語言的清晰度和表現力。

停頓的分類

◆ 1. 結構（語法）停頓

一篇演講稿是由段落組成的，段落是由每句話組成的，每句話又是由每個片語成的，每個詞又是由每個字組成的。在語法結構中，段落的停頓大於句子，所以，句號、問號、嘆號＞分號、冒號＞逗號＞頓號。

我曾有位學員，他要參加經驗分享交流大會，作為優秀管理者代表之一，他需要面對眾多主管，分享自己部門的優秀經驗。但是他有個很大的問題，那就是語速特別快，而且已經形成了根深蒂固的習慣，一時很難改變，眼看活動時間就要臨近了，他匆忙找到我。

我當時把他的稿子影印出來，一方面和他說，在段與段之間刻意停頓 3 秒，句與句之間停頓 2 秒，逗號之間就停頓 1 秒；另一方面，我們同時讀稿子，讓他感受一下我停頓的位置。就這樣，一遍遍地訓練，他的語速終於放緩了，講話的層次也鮮明了，最終他的發言得到現場主管的大加讚賞。沒過多久，他們的先進工作經驗還被當地新聞頻道採訪，他

面對鏡頭接受採訪時語速同樣也不再那麼快了。

其實，我對這位學員的輔導就是採用了結構（語法）停頓的方法。

◆ 2. 感情停頓

感情停頓是指為了突出某種感情而做出的停頓。

試著讀一下這句話，在斜槓的地方停頓久一點。

你丟下自己的孩子，把傷員背進防空洞，而當你再回去搶救孩子的時候，／房子已經平了。

感情停頓的位置是根據情感出發，比如上面這個例子，從語法結構上來說，逗號不需要停頓太久，但是作為一件悲傷的事情，要表現出不忍說出來事實，就不能快速脫口而出。

◆ 3. 邏輯停頓

為了強調某一特殊的意思或某種邏輯關係所做的停頓。

下面兩句話，哪一句停頓是正確的？

代表團長／途跋涉來到香港。

代表團／長途跋涉來到香港。

很明顯是第二句。但是大家有沒有想過，有的人沒有親自參與寫稿，並不熟悉稿件內容，如果在上臺前都沒有練習過，假設「代表團長」這行字在頁面最右下角，翻到後一頁

讀「途跋涉來到香港」，是不是就會鬧出笑話了，所以稿子一定要親自寫。

◈ 4. 強調停頓

指的是需要強調的地方要刻意停頓，賈伯斯就是這方面的高手。

「今天，我們將向大家推出第三類筆記型電腦。」2008年1月，賈伯斯在 Macworld 大會上對觀眾說道。在介紹之前，他停頓了一下，接著他說：「它就是所謂的 Macbook Air 系列。」他又停頓了一下，才丟擲了震驚全場的標題性口號 ——「它是世界上最薄的筆記型電腦」。

就這樣，現場氛圍不斷被賈伯斯推向高潮，他的重點是向聽眾傳達最後一句話：它是世界上最薄的筆記型電腦。

◈ 5. 生理停頓

在演講到長句時，要在合適的地方頓一頓，換一口氣。比以下面這句話，如果不停頓，會感覺氣都快喘不上來了。

兒童教育真正的專家／是那些父母。他們卓有成效的實踐經驗／和見仁見智的看法／對那些在與孩子交流中感到力不從心／總抱怨孩子不聽話的父母／將大有啟發。

有時候稿子沒辦法自己寫的情況下，句子太長，一定要記得畫上斜槓提示自己停頓的位置。但是從寫稿方面，建議

大家多寫短句，短句不僅好記，也更有力量。我曾經輔導過一位學員，她向我回饋過一個問題，不管死記硬背還是用方法巧記，總是記不住稿子的內容，於是我看了一下她的演講稿，發現句子都相當長，就讓她試一試把句子盡量改成短句再熟記一下，沒想到她很快就記住了。

▊掌控重音：清晰有力傳遞觀點

重音是為了表情達意的需要，強調和突出詞或短語，甚至某個音節。所以，重音如何讀呢？常見的做法就是在需要強調的詞語上加大音量。

「我相信你願意學好。」這句話在不同的位置重音，強調的意思也不同。

我相信你願意學好。（說明他不信，我信）

我**相信**你願意學好。（說明我沒有懷疑過你）

我相信**你**願意學好。（說明別人我可不敢說）

我相信你**願意**學好。（說明是自願，不是被迫）

我相信你願意**學好**。（說明你明白是非，不願學壞）

下面來做一道連線題，用左邊標好重音的位置，在右邊找到相應表達的意思。

我打算這個春天買房子。	我說的是這個春天，而不是明年的春天。
我**打算**這個春天買房子。	我說的是買，而不是租。
我打算**這個**春天買房子。	我說的是打算，還並未真正確定是否要買。
我打算這個**春天**買房子。	我說的是房子，而不是車子。
我打算這個春天**買**房子。	我說的是春天買房子，而不是秋天或冬天。
我打算這個春天買**房子**。	指的是我自己，而不是其他人。

我們來看下正確答案，你都連對了嗎？

我打算這個春天買房子。	我說的是這個春天，而不是明年的春天。
我**打算**這個春天買房子。	我說的是買，而不是租。
我打算**這個**春天買房子。	我說的是打算，還並未真正確定是否要買。
我打算這個**春天**買房子。	我說的是房子，而不是車子。
我打算這個春天**買**房子。	我說的是春天買房子，而不是秋天或冬天。
我打算這個春天買**房子**。	指的是我自己，而不是其他人。

　　不同位置的重音，強調的意思也不同。所以在工作中，比如年終彙報，一些「提高」、「增強」、「掌控」等積極的詞語，以及重要數據等方面都需要重音處理，以此突顯需要重點傳達的訊息。

▌掌控語速：快慢有序打造氣場

　　在聲音中有三種不同的語速：快速（每分鐘 200 字以上），一般用來表達緊張、鼓動、憤恨、詭辯、責問等情感內容；中速（每分鐘 180 到 200 字），常用作平靜的敘述、客觀的介紹等情感內容；慢速（每分鐘 100 字左右）， 常用來表達沉思、哀痛、失望等情感內容。

　　在演講中，不可能只使用一種語速表達內容，三種速度需要進行巧妙切換使用。而在演講中語速會受這些因素決定。

★ 不同的場面、情感、內容。比如婚禮現場，表達的情感是喜悅的，內容是歡樂的，所以語速會偏快。

★ 不同的聽眾年齡。如果面對的聽眾是老年人，語速要放慢，因為老年人的聽力不是很好。

★ 不同的人物性格。在第四章中有提到過，故事演繹中的聲音模仿很重要，性格不同的人物，說話的語速是不同的，一般急躁的人語速會過快，溫和的人語速偏慢。

▊掌控語調：跌宕起伏渲染情感

很多人在演講時缺乏聲音的變化，全程就像一條直線，演講時間一長，容易讓聽眾犯睏、走神。所以，說話聲音的起伏很關鍵。

說話要做到有起伏，就要運用好語調，語調的音調也叫音高，是指聲音的高和低，包括聲音的抑揚、升降和起伏等。有高有低、有升有降的聲音變化，讓語言在抑揚頓挫中展現出不一樣的情感。

根據語氣和感情態度的不同，語調可以分為四種類型：升調、降調、平調、曲折調。

升調↗

這種語調前低後高，句子的語勢逐漸由低升高，音高的最高點靠近句尾，也叫高升調。一般用在表示疑問、反問、驚異、號召、呼喚、命令的句子裡。

例如：

我想送給我們在場的嘉賓一句話，也是我多年來的一個座右銘：苦練七十二變，笑對八十一難！

降調↘

這種語調前高後低，句子的語勢先高後低，逐漸下降，音高的最高點靠近句首。一般用在表示感嘆、肯定、自信、允許、請求、祝願的句子裡。

例如：

盼望著，盼望著，東風來了，春天的腳步近了。

平調→

這種語調的整個句子語勢平緩，沒有明顯的高低升降變化。一般用在表示嚴肅、莊重、沉吟、冷淡和敘述、說明的句子裡。

例如：

3 月 14 日下午兩點，當代最偉大的思想家停止思想了。

曲折調↗↘

全句語調彎曲，或先升後降，或先降後升，往往把句子中需要突出的部分加重、拖長並造成曲折，這種語調經常用來表達誇張、諷刺、厭惡、懷疑等情感內容。

例如：

你學得好，比誰都學得好。

第九章

聲音法則 —— 先聲奪人，修練聲音感染力

一位聲音學泰斗曾說：「語調的豐富多彩，決定了它的聲音形式 —— 語調的千變萬化。如果硬要把豐富多彩的語氣納入某種簡單、衝突的語調公式之中，那就無異於削足適履。」

稿件是固定的，但人的情感是鮮活而生動的。能打動人心的，永遠是發自肺腑的「真情」，而不是矯揉造作的「矯情」。所以在語調練習的過程中，要注意「以情帶聲」，用自己內心最真誠的情感去協調和控制語調的抑揚頓挫，讓真情從語調中流露出來，自然而然地打動聽眾。

下面我們用不同的語氣讀讀以下相應的內容。

★ 用表示藐視的語氣：你也配是這個公司的人？
★ 用表示高興的語氣：你也在這裡，真是太好了。
★ 用表示憤怒的語氣：你抹黑了這個公司！
★ 用表示失望的語氣：要是你在這個公司就好了。
★ 用表示懷疑的語氣：你是不是這個公司的？
★ 用表示滿不在乎的語氣：你是不是都無所謂了。
★ 用表示驚訝的語氣：你竟然是這個公司的！

通常情況下，我們在演講中如果有這些內容，很多人會用平淡的語氣來表達，但是在練習上會發現，因為對這句話有了語氣上的要求，所以能做到語調的起伏。

　　剛才是不同語氣讀不同的內容，下面試一試，能否使用開心的、憤怒的、諷刺的，三種不同的語氣說「祝賀你！」這三個字。

　　如何讓自己的聲音富有情感呢？其實還有一個很好的方法，就是幫分享的內容配上背景音樂，這能幫助你調配在分享中的情感投入。比如，在上課練習時，詩人海子的〈面朝大海，春暖花開〉，我會選擇兩首不同風格的音樂做背景，一首是憂傷風格的《夜的鋼琴曲》，另一首是歡快風格的《菊次郎的夏天》，然後邀請兩位學員上臺朗讀。在不同背景音樂下，相同的內容能朗讀出不同的味道。

　　你也快來試試吧！

附：〈面朝大海，春暖花開〉

從明天起，做一個幸福的人

餵馬，劈柴，周遊世界

從明天起，關心糧食和蔬菜

我有一所房子，面朝大海，春暖花開

從明天起，和每一個親人通訊

告訴他們我的幸福

那幸福的閃電告訴我的

我將告訴每一個人

給每一條河每一座山取一個溫暖的名字

陌生人，我也為你祝福

願你有一個燦爛的前程

願你有情人終成眷屬

願你在塵世獲得幸福

我只願面朝大海，春暖花開

最後提供給大家幾個小撇步。

如何控制語速？

錄製一段 3 到 5 分鐘的即興演講。

做標記。在語速過快或過慢的位置標記號；標注出正確的語速，以此來提醒自己。

如何去除口頭禪？

進行即興演講，並錄製下來。

聆聽錄音，記錄口頭禪出現的內容和次數，採用停頓或者慢說進行改善。

隔幾天後，再次進行錄音分析，檢視口頭禪出現的次數。

最後，特別說一下，真正想要修練好聲音，一方面，大家可以學習一下科學發聲，這樣不僅能美化我們的嗓音，也能保護聲帶免受傷害；另一方面，練就一口標準的口條，不僅能更加準確地傳達訊息，也讓分享更專業、更富有氣質。

第十章

場景法則

── 即學即用，常見演講場景應對技巧

本章從實際場景出發，專門選出常用的五大演講場景：自我介紹、職位應徵、年終總結、獲獎感言、招商演講。在這一章中，分享的方法有具體步驟且操作性強，當你需要的時候，能快速拿來運用，做到從容應對。

生活處處有演講，每一次的當眾表達，都是一次打造個人品牌、提升影響力、贏得競爭力的機會，這一章為大家分享常見的五種場景演講技巧，分別是自我介紹、職位應徵、年終總結、獲獎感言、招商演講。

█印象深刻：自我介紹的方法技巧

2014 年，我參加過一個總裁培訓班，現場有將近 100 人，座位是分組的形式，早上開場時老師請每個人在組內做自我介紹，我們這組 11 個人輪流完成後，老師說，「剛才組裡哪位同學讓你印象最深，現在請將大拇指指向那位同學」，沒想到我們這組的成員不約而同都指向了我。老師接著說，「這個被選中的人就是你們的組長」，就這樣，我獲得一次站在臺上向全場人介紹自己的機會。沒想到中午吃飯時，竟然有位企業負責人向我拋來橄欖枝，邀請我加入他們公司的團隊，雖然最後婉言謝絕，但是從中可以看出，透過演講，我們可以擴大影響力，讓人生擁有更多的機會。

　　看到這裡，你們可能會好奇，我當時的自我介紹為什麼能贏得全組人的一致投票，在這裡我先留個懸念，在後面的技巧分享中會揭曉答案。

　　在很多場合，我們都需要做自我介紹，比如面試、業務推介、社交聚會等。一個良好的自我介紹，不僅能讓別人更快地認識你，而且能夠加深別人對你的印象，贏得他人好感，為進一步的交流打下基礎。自我介紹看起來很簡單，但是要做到脫穎而出、有亮點，則需要花點心思。而我們經常會在自我介紹上出現四大問題。

自我介紹常見的四大問題

◆ 1. 毫無印象

　　我在上自我介紹這堂課的時候，會進行一個對比互動，在分享技巧前，先讓現場的每位學員做一個 1 分鐘的自我介紹，介紹後，會提一個問題：大家覺得哪位夥伴的自我介紹給你留下了比較深的印象？基本上要麼鴉雀無聲，要麼寥寥無幾，因為很多人在做自我介紹時，平平淡淡，毫無記憶點，難以給聽眾留下深刻的印象。

　　透過技巧學習後，我又重新讓大家用新方法把自我介紹進行包裝，亮點多了，印象深了，實現了從「毛坯房」到「精裝房」的巨大改變。

◆ 2. 與聽眾無關

第二章中我有分享過，演講前要了解聽眾。對於任何場景的分享都是如此，比如，我對外以演講教練的身分培訓時，自我介紹突出的是在演講領域的累積和優勢；如果是以創業者的身分做自我介紹，就更傾向於創業的經歷上。因為聽眾和場合不同了，你要知道聽眾想聽的是什麼、感興趣和關注點在哪裡。

◆ 3. 聽不出厲害之處

每個人都有自己的特長和優勢，甚至是特別的標籤，但是很多人在做自我介紹時，往往不太擅長把自己的能力進行提煉和充分展示，所以沒有亮點的介紹，容易淹沒在人群中。

◆ 4. 感受不到價值

自我介紹要以聽眾需求為出發點，當你自我介紹結束後，是否會讓他人產生加你好友的衝動呢？人與人的互動本質有時候在於價值的交換，但是很多人在自我介紹時，忽略了價值的呈現，以至於錯過很多擴展人脈的機會。

自我介紹的類型

自我介紹有哪些類型呢？我分為以下五種。

◆ 1. 應酬式

適用於某些公共場合和一般性的社交場合，這種自我介紹最為簡潔，往往只包括姓名一項即可。

「你好，我叫湯金燕。」

◆ 2. 工作式

適用於工作場合，它包括本人姓名、就職單位及其部門、職務或從事的具體工作等。

「你好，我叫湯金燕，是勇敢說口才培訓中心的創始人。」

◆ 3. 禮儀式

適用於講座、報告、演出、慶典、儀式等一些正式而隆重的場合。包括姓名、單位、職務等，同時還應加入一些適當的謙辭、敬辭。

「各位來賓，大家好！我叫湯金燕，我是勇敢說口才培訓中心的創始人。我謹代表機構對於大家的到來表示熱烈的歡迎……」

◆ 4. 問答式

適用於面試、應徵和公務往來。問答式的自我介紹，應該是有問必答，問什麼就答什麼。

「女士，您好！請問您怎麼稱呼？（請問您貴姓？）」

「您好！我叫湯金燕。」

◆ 5. 交流式

交流式的自我介紹適用於社交場合中，這也是我們後面要重點探討的場景。

如何做一個精彩的自我介紹，讓別人留下深刻的印象，快速脫穎而出呢？這裡和大家分享一個非常實用的技巧 ── MTV 法則。

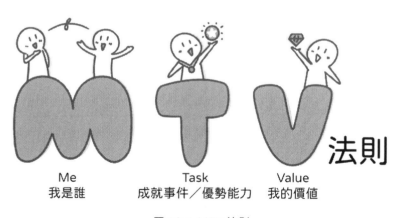

| Me
我是誰 | Task
成就事件／優勢能力 | Value
我的價值 |

圖 10-1 MTV 法則

MTV 自我介紹法

◆ 1. M —— Me

告訴聽眾你是誰，這是建立聯結的第一步，這個部分我們要告知姓名、職業資訊。關於名字可以怎麼設計亮點呢？

一句話名字解釋法

我們有位學員叫「黃書奮」，他對自己的名字介紹就是「讀書很勤奮」，這句話一說出來馬上就讓人記住他的名字了。

比如：

大家好，我是李會光，我相信是金子就會發光。

大家好，我是楚玉蘭，青出於藍而勝於（玉）藍（蘭）。

還可以把名字和工作連繫在一起。

大家好，我叫姜芳，將（姜）財務交給我，將放（芳）心帶回家，我是某某財務公司創始人姜芳。

賦予名字故事

比如：

大家好，我叫「徐紅霞」，我曾經問過我父母為什麼給我取一個這麼土的名字，爸爸說道：「當年妳出生的時候，我在趕去醫院的路上，正是夕陽西下，紅霞滿天之時。」，所

以，妳的名字取自『紅霞』，妳要慶幸我沒有給妳取『徐夕陽』。」在一片笑聲中，大家輕鬆記住了她的名字，這就是給名字賦予了故事。

和名人的名字掛鉤

比如：

大家好，我叫劉德榮，是劉德華的弟弟，這當然是個玩笑。

再比如秦珅，這個名字，可以這樣介紹：

我叫秦珅，秦是秦檜的秦，珅是和珅的珅，雖然這兩位都是大奸臣，但我其實是個大好人。心地善良，有情有義，既和秦檜無緣，也與和珅不沾邊，希望大家記住我，也請相信我，一個大好人：秦珅。

諧音法

比如：

我叫邢芸，芸是芸芸眾生的芸。我告訴大家一個祕密，你們要經常喊我的名字，你們就會得到好運。因為我的名字的諧音就是：幸運！請大家記住我，我會帶給你們幸運的！

再比如劉學，這個名字，可以這樣介紹：

大家好，我叫劉學，劉是劉德華的劉，學是學習的學。我叫劉學，但從小學到大學，我並沒有留過級，而後來，我確實去美國留學了半年，現在可謂名副其實啊！

與古詩詞產生連繫

這種介紹法會顯得比較有文化韻味，比如：

橫看成嶺側成（陳）峰，大家好，我叫陳峰。

說到這裡可能大家會說，我的名字如果沒有剛好可以套用的古詩詞怎麼辦呢，這裡有兩個方法：第一個是可以自己編古詩，第二個就是在網路上搜尋「藏頭詩生成器」，上面可以選擇五言或者七言，名字藏頭藏尾都可以，但是在選擇的時候一定要選富有美好寓意的，詩句含義也要和本人氣質相協調。

幽默法

有一次我到一所大學去講課，有位身材高大且微胖的女生上臺自我介紹說：大家好，我叫陳婷婷，父母給我取這個名字時是希望我長大後出落得亭亭玉立，但是大家看到了，顯然我父母的期望落空了。

幽默的語言不僅快速拉近了和下面同學的距離，也讓大家對她的名字記憶深刻。

名字拆解法

一位教育研究院研究員曾為人們講解了漢字之美，許多網友紛紛讚嘆「我中華文化博大精深」！「最美我漢字」！他說：「因為我們從象形文字發展而來，這個文字在被創造的時候，它的構造就代表了一層含義，一個道理，一種文化，

甚至是我們民族骨子裡的一種精神。」他舉了一個例子 ——
「仁」字，「仁」左邊的這個單立人，表示普天之下不同身分
的生活者，而右邊的這兩橫，表示的是等同和等齊，組合在
一起的意思就是，對不同身分的人等而視之、將心比心。

所以，在名字的介紹中也可以使用文字拆解法，比如周
路，可以這樣介紹自己：

大家好，我叫周路，路是道路的路，由足字旁和「各」
字組成，我相信每個人都會走出一條屬於自己的成功之路。

與地方連繫

比如李淮河，可以這樣介紹：

我姓李，在江蘇秦淮河邊長大，因此我名字就叫做：李
淮河。

形象思維法

形象記憶就是營造一種影像，讓人產生畫面感，這樣更
能讓人記住你的名字。

在文章開頭，我留了個懸念：為什麼我能贏得全組人的
投票？其實我只是用了一個小技巧，就是把自己的名字「湯
金燕」做了影像化的處理，我當時是這樣介紹的：

大家好，我叫湯金燕，大家可以想像一下，桌上放了一
碗湯，湯上面放著一把金勺，金勺上面這時候飛來了一隻燕
子。每組畫面構成我名字裡的每個字。

再比如，我們有個學員叫「蔡偉」，在沒學演講前，他對自己名字的介紹就是「大家好，我叫蔡偉」，學習演講後，他這樣介紹自己的名字：

首先在白板上畫了一棵大白菜，隨後在大白菜尾部畫了一條尾巴，最後指著這幅畫對大家說：「大家好！我叫蔡偉。」

不僅具有幽默感，而且令人印象深刻。

再比如：余江雁，這個名字，就可以這樣介紹：

大家好！我叫余江雁，請大家想像一下，在長江上空，有一隻大雁正在翱翔。

在名字的介紹上要注意，我們講名字的時候要慢一點，這樣可以讓聽眾聽得更清楚。另外可以做一下解釋，這樣做的原因有兩個，一個是有的名字容易讓人誤會，比如我的小外甥叫做「陳鍾垚」，如果光聽，可能會有人誤以為是「瑤」，以為這是一個女孩子的名字；二是提前為後面的演繹做鋪陳。

要注意，在 Me（我是誰）的部分，名字雖然可以設計亮點，但並不是必不可少的，在一些商業場合，你叫什麼不是最重要的，重要的是你能為對方帶來的價值。

當然，除了名字，職業資訊也可以設計，比如我們有位學員在介紹職業時說自己是「金融產業的醫生」，非常生動。

我是一名金融從業者，同時又是一名「醫生」，大家可能會很好奇，為什麼我可以同時跨界兩個身分呢？其實我是

一名金融產業的「醫生」，人們常說身上可能會長出一些腫瘤之類的疾病，那麼銀行業務中也會有一些貸款出現違約，形成不良資產，這就是金融產業的「腫瘤」。我們的單位職責就是接收銀行這些不良的貸款，像醫生一樣把這些「腫瘤」切除出去，幫助銀行擺脫重重的考核負擔，讓金融產業恢復正常的運轉。

◆ 2. T —— Task

這個部分很重要，主要闡述你的成就事件和優勢能力，尤其要注意的是如果我們有取得成績，這些要可衡量。

比如：

作為一名演講教練，我擁有 10 年以上商務演講實戰經驗，超過 1,000 場的培訓與演講經歷，曾幫助過 10,000 名以上的學員擺脫舞臺緊張，輔導過眾多學員獲得全國性演講冠軍，讓他們從不敢上臺到熱愛舞臺，讓他們具備演講能力，從而掌控人生中每一次的關鍵時刻！

這部分的介紹中有一個很好用的方法就是「數字法」。

用數字展示專業領域的累積或成績

比如：

我是一名長跑愛好者，每天堅持跑步 10 公里，已經堅持了 5 年，3 年參加了 50 多場馬拉松，拿下了 6 個男子組冠軍。

用數字展示學習方面的累積

　　我有個學員很喜歡瑜伽，因為熱愛，所以花了很多費用和時間學習瑜伽專業技能，並且還考取了瑜伽教練證，在數字上可以從兩方面進行展示。

　　我在瑜伽領域每年支付的學費超過「五位數」；

　　我每天花在瑜伽練習上的時間是 120 分鐘，一年就是 43,800 分鐘。

　　注意：用分鐘，看起來衝擊力更強，如果用小時，一年就是 730 個小時，看起來衝擊力會小一些。

◆ 3. V —— Value

　　就是我的價值在哪裡，能提供給現場聽眾什麼利益。這些能力能夠提供他人怎樣的價值，能怎樣幫助到別人。

　　現在來看兩個使用 MTV 法則做自我介紹的案例，第一個是以我自己為例。

　　M（我是誰）：大家好，我叫湯金燕，是一名演講教練，不知道大家是否會因為恐懼演講不敢上臺？是否會因為不擅長演講而錯過人生中許多的機會呢？

　　T（成就事件／優勢能力）：作為一名演講教練，我擁有著 10 年以上商務演講實戰經驗，超過 1,000 場的培訓與演講經歷，曾幫助過 10,000 名以上的學員擺脫舞臺緊張，輔導過眾多學員獲得全國性演講冠軍，讓他們從不敢上臺到熱愛

舞臺，讓他們具備演講能力，從而掌控人生中每一次的關鍵時刻！

V（我的價值）：如果你也想輕鬆自信地登上舞臺，我可以幫助到你。金燕老師希望成為你的私人演講教練，助力你的每一場演講都驚豔全場！

不知道大家注意到兩個細節沒有。

第一，我名字的演繹放到了結尾的位置，所以名字演繹是可以在結尾結合號召來使用的，不一定要在開頭展示。

第二，我在開頭設計了「鉤子」，透過兩個問題，引發大家的共鳴和興趣。

我們再來看一個例子。

M（我是誰）：大家好！我叫王土旦。王，君王的王；土，土地的土；旦，元旦的旦。

T（成就事件／優勢能力）：我的職業是一名 IT、網際網路產業的獵人頭顧問，從業 8 年，服務超過 50 家知名 IT、網際網路公司，幫助過 350 位 IT、網際網路產業的人才找到心儀的工作，平均年薪 200 萬元。

V（我的價值）：我手上有很多科技公司高階應徵的職位，如果你們或者你們身邊的親朋好友想跳槽，可以找我引薦，我可以協助你們準備這些大公司的面試，以及傳授談薪資的經驗。

祝福：最後，大家是否發現，我名字中「土」和「旦」組合起來是什麼字？對，就是「坦」字，平坦的坦。在這裡，我祝願親愛的朋友們透過這次學習能在未來的職場中，走得順當一點、平坦一點！

再次強調：希望大家記住我，我是王土旦，謝謝大家！

這個例子結尾增加了一個祝福，並再次對名字進行強調，可以增強聽眾對名字的記憶。

家鄉特色介紹法

在自我介紹當中，有時候需要介紹自己的家鄉，有些人只是簡單說個地名，這樣既不能引發聽眾對你的興趣度，也沒有展現家鄉的特色。接下來，給大家分享介紹家鄉的四種方法。

◆ 1. 與當地的人文歷史掛鉤

紹興：我來自魯迅的故鄉 —— 浙江紹興。

曲阜：我來自著名的教育家孔子的故鄉 —— 山東曲阜。

◆ 2. 與地理方位掛鉤

浙江：我來自有「江南水鄉」之稱的浙江。

哈爾濱：我來自哈爾濱，中國最北邊，松花江上最大的城市。

◆ **3. 與當地小吃特產掛鉤**

　　茂名：我來自廣東茂名，著名的「荔枝之鄉」。

◆ **4. 與當地特色美景掛鉤**

　　桂林：我來自「桂林山水甲天下」的廣西桂林。
　　景德鎮：我來自著名的「瓷都」江西景德鎮。

自我介紹注意事項

◆ **1. 時間的掌控**

　　正常情況下，自我介紹時間都不宜過長，一般 1 分鐘左右為佳，除非活動環節上有特別要求，比如我參加過一場活動，現場對於具體介紹的時間要求就是 3 分鐘左右。

◆ **2. 態度真誠**

　　進行自我介紹，態度一定要自然、友善、親切、隨和。應落落大方，彬彬有禮。既不能唯唯諾諾，又不能虛張聲勢，輕浮誇張。語氣要自然，語速要適中，語音要清晰。

◆ **3. 內容真實**

　　進行自我介紹要實事求是，真實可信，不可自吹自擂，誇大其詞。

　　這裡給大家展示一篇某選手在某節目總決賽的拉票演講，

在最後時刻，這位選手很真誠向觀眾再一次做了自我介紹。

大家好！這個舞臺此時此刻是我一生中最重要的時刻。我不會拉票，但是我還是向大家重新介紹一下我自己吧！我叫××，今年 37 歲，雖然長得有點老，但我是屬實的「8 年級生」。

我少年學藝，然後從軍。在部隊服役 8 年又回到了地方，我前前後後當了 19 年的演員。在這 19 年當中，我去過各種場所演出。這 19 年當中我也演過很多不同的角色，我說過相聲，拉過大幕，也幫人放過音響，但是這 19 年不管場地怎麼變，角色怎麼變，我要向大家彙報的是我從來沒有懈怠過。

我渴望舞臺、渴望表演、渴望掌聲。因為如果說喜劇演員四個字可以有一個衡量的話，我願意拿我的命去保護它。當然，如果我今天離開這個舞臺了，我也有一個小小的請求，希望大家能夠記住我，我叫××，37 歲，我是一個「8 年級生」。

這段自我介紹亮點頗多。第一，很真誠；第二，文字簡潔有力，短短兩分多鐘，把從藝經歷介紹得很清楚，從中也感受到他對舞臺的熱愛；第三，首尾呼應。因此，連對手都對他報以熱烈的掌聲，最後他成功奪得總冠軍！

自我介紹小練習

根據 MTV 法則設計一個令人印象深刻的自我介紹。

升遷加薪：職位應徵的方法技巧

著名作家柳青曾經說過：「人生的道路雖然漫長，但緊要處常常只有幾步。」在我多年輔導培訓中，每年專門來做職位應徵輔導的學員很多。對於職場中重要的轉捩點，人生的關鍵時刻很多人都會十分重視。透過針對性的輔導，許多學員應徵成功，職場獲得躍遷，人生開啟了新的篇章，而我在這個過程中也累積了豐富實用的教學經驗。

職位應徵有哪些方法技巧呢？根據下面這張模型框架圖為大家逐一分享。

應徵演講的模型框架

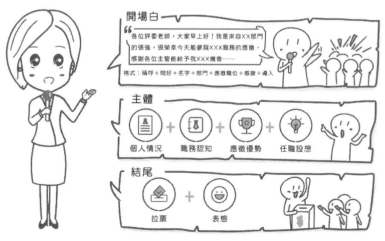

圖 10-2 應徵演講的模型框架

◆ 1. 開場白

開場白要給評委留下好的第一印象。內容包含：稱呼＋問好＋名字＋部門＋應徵職位＋感謝＋導入。

稱呼＋問好

比如：尊敬的各位評委，大家早上好！

名字＋部門＋應徵職位

比如：我是來自財務部的張強，很榮幸今天能參加財務經理的應徵。

感謝＋導入

比如：

感謝：感謝各位主管能給予我這次展示自我的機會。

導入：可以使用故事法、數據法等開場導入，具體可以參照第三章所分享的開場方法。這裡展示一個以數據為導入的開場白。

首先向各位主管展示三個數字，分別是 10 年，3,650 天，87,600 小時。從 2011 年到現在，我以財務工作為核心，在 10 年的工作歷程中，始終兢兢業業堅守在工作職位上，為公司的發展腳踏實地奮鬥著、打拚著。

如今很多職場應徵都需要使用 PPT，如果採用這種數據的導入法，我們可以把三個數字進行重點突顯，更加直觀。

◆ 2. 主體

　　主體部分是我們應徵當中最為核心的內容展示。一般包含了四個部分：個人情況、職位認知、應徵優勢、任職設想。

個人情況

　　這個部分簡要介紹一下自己的年齡、學歷、職位經歷、個人榮譽等，甚至可以加入一些工作的信念。比如：

　　工作上，要做攻堅克難的獅子，銳意進取的雄鷹，腳踏實地的駱駝，把心思集中在「想做事」上，把能力展現在「會做事」上，把目標鎖定在「做成事」上等等。

職位認知

　　這個部分要談一下你對應徵職位的認知和理解。應徵中，語言要有感染力，可以用打比方的方式來做職位的認知。

　　比如：

　　第一，團隊內的「掌舵者」：作為某部門的負責人，要善於運籌帷幄，帶領團隊，制定策略，達成績效目標。

　　第二，團隊內的「催化劑」：要善於帶動員工的積極性，幫助其解決所遇到的問題，關注業績低迷的員工，幫助他們調整心態。

　　第三，團隊內的「一座橋」：自身需要具備較強的溝通管理能力，協助上級完成好管理工作，做好與下屬以及與其

他部門的溝通。

第四，團隊內的「培訓師」：不僅要善於加強自身的學習建設，更要注重打造學習型組織。工作中要指導下屬成長。

大家可以根據自己所應徵的職位來做精準的打比方，比如：參謀長、觀察員、規劃師、開拓者等。

應徵優勢

主體的第三部分也是應徵當中最關鍵的部分，應徵講求資質匹配，所以這部分需要展示與應徵職位匹配的核心優勢。主要談工作能力和工作態度，工作能力上過往和現在自己取得的成績有哪些，以此證明自己能勝任這個職位；工作態度上表明自己的敬業等，這個部分一定要結合應徵職位的需要和主管的關注點展開，切記要重點突出，不能像流水帳。

在歸納總結優勢方面，為了展示重點和語言感染力，可以使用高度概括的方法，比如我曾經輔導過一位部隊的學員應徵指導員這個職位。當時結合她的職業特點，我建議她採用「五星優勢」來概括和逐一展開。

作為一名光榮的軍人，軍服上熠熠生輝的徽章，象徵的不僅是軍人的職責，更是一份崇高的使命。今天我有幸來應徵 ×× 指導員一職，我將從五星角度來闡述我的優勢。

做了精準的概括之後，就可以根據關鍵詞進行一一展示，在這裡要特別注意的是，優勢要按照程度邏輯來排序，一定要把顯著的優勢放在前面，要分清主次。

任職設想

這個部分就是分享未來如果擔任這個職位後的規劃。主要是告訴主管，如果你來擔任這個職位，將會怎麼開展工作。需要你從本職位的各項主要職能方面逐一展開說明，要特別突出工作上的創新點和清晰的思路。

同樣也可以使用高度概括的方式，讓主管既收到你傳達的準確訊息，又能在眾多應徵中感到耳目一新。比如我曾經為某航空公司的一位學員輔導應徵時，就是採用「加減乘除」歸納職位設想，再逐一進行具體的闡述。

★ 加，「加」強排班管理，優化排班品質。

★ 減，「減」少溝通障礙，提高團隊凝聚力。

★ 乘，「乘」就幸福 × 航，做好每項工作。

★ 除，消「除」風險點，實現風險管控。

又比如，我曾經在輔導一位消耗品產業的學員中，採用「破局」這個概念。

★ 破思維：統一思想，統一目標。

★ 破傳統：變革創新，順應趨勢。

★ 破管道：規範標準，高效管理。

★ 破角色：共同行動，共同投入。

◈ 3. 結尾

　　結尾是昇華拉票的重點環節，在拉票的同時也要表達如果沒有競選上的態度。比如我為一位在醫院從事醫護工作的學員輔導時，結尾以下：

　　「路漫漫其修遠兮，吾將上下而求索」，各位主管，各位同事，無論這次應徵成功與否，對我都是一次鍛鍊和考驗，未來，我將一如既往在護理職位上不斷探索、不斷精進，秉承「仁愛為本」的護理理念，更好地服務每一位患者！再一次衷心感謝主管給我們創造這個平臺展示自我，也衷心希望我能為醫院增添一份光彩和榮譽，同時一展自己的理想和抱負！謝謝大家，我的應徵演講結束，感謝各位主管的聆聽！

　　也許，我們還會遇到一些特殊的情況，比如前面那位應徵指導員的學員和我說，「我覺得這次應徵有一個很大的不利因素，就是我剛生完孩子，擔心主管會顧忌到我的身體狀況和時間，影響對我的評分」。我說妳不用擔心，可以把不利變為有利的因素。最後我們設計的結尾打動了評委，最終她脫穎而出，應徵成功。

　　過往的經歷與閱歷，是我人生寶貴的財富，是我披荊斬棘的不竭動力，更是我對單位無限感激的泉源，如今，我又

沉浸在初為人母的喜悅之中，生命中，多了一個身分，就是母親，我內心希望成為他的榜樣；今天我也衷心地希望各位主管能給我這次機會，讓我能擁有另一個身分 —— 指導員，成為女性員工成長路上的「一盞明燈」。無論是母親還是指導員，都肩負著沉甸甸的責任和愛，我會把責任化為動力，用愛去成就這份事業，我一定不辜負你們的信任！當然，無論這次應徵成功與否，對我都是一次鍛鍊和考驗，未來，我將一如既往在本職職位上不斷探索、不斷精進！謝謝大家！

應徵演講的注意事項

◆ 1. 忌超時

應徵也是一種比賽，既然是比賽就會有相應的規則，由於同職位的應徵人數都有若干或者眾多，所以會設定時間，一般為 5 到 10 分鐘，甚至更短，只有 3 分鐘。這就需要演講者重點只談某一部分的內容。如果時間更長，可以把主體部分進行詳細闡述，尤其是應徵優勢和任職設想兩個部分的內容。

但是不論規定多少時間，我們一定要注意時間的合理安排，不能超時，否則一方面可能會直接被打斷，而導致內容沒辦法完整呈現，自己也會陣腳大亂；另一方面，給主管的印象也不好。所以，應徵練習時，一定要提前規劃好時間。

◆ 2. 忌雜亂無章

應徵演講中有些公司會給框架模板，有的要自己設計，正常情況下，整體邏輯都不容易出錯，但是在具體每個部分展示內容時，一定要邏輯清晰，不能條理混亂，而且要主次分明，重點突出。

同時，還需要注意每個部分的過渡不要太過生硬和突兀，要自然流暢，讓主管的注意力始終跟著你走，被你牢牢吸引著。

◆ 3. 忌狂妄自大

有的應徵者過高地預估自己的能力，在談工作優勢時好提當年勇，誇誇其談，自認為條件優越，某職位「非我莫屬」，做好工作不過是「小菜一碟」。在談工作設想時，脫離實際，來一些「海市蜃樓」般的高談闊論，許下一些不可能兌現的工作目標承諾，不僅會引起主管的反感，更會讓他們質疑你的工作能力會不會也是如此華而不實。

◆ 4. 忌過分謙虛

自誇過度固然不好，但是有的應徵者又走向另一個極端，就是過分謙虛。應徵者要客觀公正地評價自己的競爭優勢，大膽發表行之有效的「策略綱領」。但有的應徵者唯恐因自己的「標榜」而引起主管的不悅，把對自我的認知和評

估降到「水平線」以下，這不利於向主管充分展示能力和優勢。這種過分謙虛的表達，不僅不能反映自己真實的能力、水準和氣魄，也不利於主管對你做出正確的評估。

◆ 5. 忌聲音平淡無力

應徵演講需要展示應徵者的自信，但是有些應徵者因為缺乏實戰歷練，第一次正式登臺就面臨著職場的「大考」，有的人不僅會表現得情緒緊張，同時聲音也平淡無力，所以，我們在應徵中，一定要注意停頓和重音，停頓會讓我們的演講更具有層次感，重音會讓我們的演講有起伏和力度，當然發音吐字的清晰度和聲音的溫度、感情也很重要。

◆ 6. 忌服飾不得體

應徵演講是一項正規、嚴肅的主題活動，因此，應徵者的穿著應以得體大方為宜。但是，有的應徵者認為穿得與眾不同就會以「奇」致勝，或服飾華麗，或不修邊幅。

有一次，我問一位即將參加應徵的學員，妳打算穿什麼衣服上臺？她說穿工作服，我說這個沒問題，我又問她鞋子呢？她用手指了一下腳上穿的鞋子，我低頭一看，這雙鞋子的鞋面明顯掉皮，我當下就說這雙鞋子已經破損了，不能穿上臺。

我們要注意：在應徵中，著裝不得體會給主管留下不好的印象，使應徵效果大打折扣。衣服上切忌有褶皺和汙漬，另外，如果是女生，我一般建議可以化一點淡妝，但是千萬不要濃妝豔抹，更不要佩戴誇張的首飾。

應徵演講為人才提供了一個充分展示自我的舞臺，是演講領域非常重要的一個場景。希望所有人都能掌控人生重要的時刻，實現職場新的躍遷。

▋能幹會說：年終總結的方法技巧

辛辛苦苦忙一年，不如年終發個言。作為職場人士，每年不能避免的就是年終總結匯報，其實除了一年一次的年終總結以外，我們平時的周總結、月總結、季度總結、半年度總結等也需要十分重視，每一次的彙報都是在主管面前展示的好機會。

有的人說做得好就好了，不一定要講得好，但是即使全年業績做得很好，主管也希望你能在正式場合表達出來，況且有些主管還不是很了解你平時的具體情況，你就更需要抓住難得的時機好好表現。因此，以下方法適用於各種總結匯報中。

年終總結的方法技巧

工作業績　　　工作亮點　　　問題分析　　　未來規劃

圖 10-3 年終總結的方法技巧

◆ 1. 工作業績

在年終總結中，要清晰表明過去一年自己部門或者個人完成了哪些業績，有的是具體的專案，我們按照程度邏輯來進行排列闡述，從最重要、次重要、一般重要，逐一展示專案的具體情況，不一定要使用時間邏輯。

如果你是銷售職位，可以按照為公司創造業績的高低，從多到少進行排列；如果你是採購職位，可以按照為公司節約了多少費用，從多到少進行排列；如果你是培訓職位，你可以按照專案創造出來的價值和影響力大小進行排列。總之，順序最好使用程度邏輯，盡量使用具體數字來展示，而且要把數據具象化、生動化，這部分可以參照第三章的內容。

◆ 2. 工作亮點

我們說過，年終總結就是一次給主管留下深刻印象的機會，所以在展示業績之後，第二步要分析在執行完成這些工作中，有哪些亮點值得總結和分享。比如：優化了哪些流程、拓展了哪些管道、節約了哪些成本、提升了哪方面效率。

曾經有位做外貿工作的學員，她把工作亮點打比方為健身中的減脂和增肌兩大方面，減脂指的是大幅降低庫存，增肌指的是優化庫存。這種說法，給人留下深刻的印象。

除了打比方，還可以採用第四章「高度概括」來進行總結。

有位學員這麼總結工作亮點：「三字訣」助力業績攀升，定：定目標，定策略；盯：盯進度，盯結果；頂：頂壓力，頂新人。

這個方法同樣能夠讓人快速記住重點。所以，精彩的演講一定是設計出來的。

◆ 3. 問題分析

在總結彙報中，我們不能只是報喜不報憂，對於工作中存在的不足也要坦然承認，並認真分析，但是這部分的陳述篇幅不需要過多，不能超過工作業績和工作亮點兩部分，否則主管都關注到不足上了。這個部分主要呈現一下工作中存

在的問題，比如從自身和外界兩個方面分析導致不足的原因，並且梳理改進方法，避免重複犯錯。

◆ 4. 未來規劃

最後一步，就是談談新一年的工作安排和需要哪些方面的資源支持。總結上一年工作當然是年度總結中的重點，但更好地規劃和安排下一年工作才是總結的目的，所以下一年度工作計畫和安排同等重要。

在講述未來規劃時，要注意四點。

明確工作的主要思路

策略決定命運，思路決定出路，良好的業績必須要有清楚、正確的思路支撐。否則就變成了無頭蒼蠅，偏離了方向和軌道。

明確新一年度工作的具體目標

比如：銷量目標、回款目標、利潤目標、通路開發目標、區域市場發展目標、團隊建設目標、學習培訓目標等。

完成計畫的具體方法

講述未來規劃時，可以闡述一下完成計畫的具體方法。這一部分，同樣可以使用前面說過的「高度概括法」。比如有位學員分享新的一年如何提高銷售業績時，他把方法概括為「水平拓展」和「垂直強化」兩個方面。

關鍵的一點

　　要簡單表達一下明年的工作需要哪些方面的資源支持，方便第二年工作開展中獲得更多鼎力協助，順利完成專案，達成業績。

年終總結的注意事項

　　雖然總結匯報是一種偏制式的演講形式，但是在眾多彙報者中，如何使彙報令人耳目一新呢？想讓年終總結有亮點、有創意，這裡有三個部分可以進行精心的設計。

◆ 1. 標題設計

　　現在的總結彙報普遍用 PPT 的方式，我見過很多人的 PPT 封面標題，基本都類似於「某某部門 2021 年年終總結及 2022 年工作規劃」。這種千篇一律的標題讓人看了索然無味，好像只要把部門名稱換了，就是另一個部門的彙報 PPT。

　　所以在規則允許的情況下，可以設計一個展現主旨和思想的主標題。比如曾經有學員設計的標題為「腳踏實地 仰望星空」，表達自己的工作態度勤懇踏實，但是在工作上同樣懷有遠大的抱負和追求。比如有一檔綜藝節目很紅，當時有個學員設計的標題是「乘風破浪 開創新局」，在彙報中圍繞幾個核心的破局點進行展開。再比如「心中有『數』手中有『術』」的彙報標題，表達的是在基於大數據下的智慧管理方法。

◆ 2. 開場白設計

很多人在總結匯報開場白中都是平鋪直敘的，我們在第三章詳細分享過開場白的重要性和方法技巧，同樣也可以運用在年終總結中。有位學員在開場中以漫畫形式，展示兩個客戶的對話，表達對他們企業的認可。這種開場也容易奪人眼球，更多的方法可以參考第三章的內容。

◆ 3. 結尾設計

同樣，很多人在總結匯報時用「以上是我的年終總結，謝謝大家」草草收尾，粗糙的結尾會影響整體的演講效果。在第三章中詳細分享過結尾的重要性和方法技巧，同樣也可以運用在年終總結中。比如，前面提到的「腳踏實地 仰望星空」這個標題，在結尾我是這麼給學員設計的：

2021 年是牛年，我們既要有牛一般腳踏實地、勤勤懇懇的工作態度，同時作為新任管理者也要有仰望星空的格局和前瞻性，我叫 ×× 婷，在新的一年，我將會帶領我的團隊，不斷奮鬥，永不停（婷）止！

既和標題巧妙呼應，而且可以把自己的名字恰如其分嵌入進去，給人留下深刻的印象。

此外，總結彙報中特別要避免：流水帳、無重點、只報喜、太低調、假業績、臨時抱佛腳等問題，所以，總結匯報需要精心的準備和設計，以贏得職場更多的機會和可能性。

▌榮耀時刻：獲獎感言的方法技巧

曾經有一位學員分享了一段經歷給我，當時他說：「去年因為我負責的部門業績還不錯，年底受到了嘉獎，走上舞臺領取證書、獎盃的時候，現場主持人突然讓我說一下獲獎感言，我當時愣住了，就隨口說了幾句，後來我總覺得自己沒有表現好，這件事讓我心情低落了很久。」

是的，在工作當中，因為我們的優秀，獲得公司頒發的各種榮譽、獎項，這是一件好事，當我們獲得這些榮譽的同時，其實提前做好發表獲獎感言的準備，做出一次精彩的感言並沒有想像的那麼難。

接下來，分享一下獲獎感言的方法技巧。

獲獎感言方法技巧

根據這個獲獎感言範本，我們來看一個具體的案例：

尊敬的各位主管、各位同事：

大家好！（問好）

我是 ××，首先要感謝公司給我這個展示自我與實現自我價值的平臺。（名字與感謝）

作為一名新員工，能夠獲得公司「優秀員工」稱號，我深感榮幸。在這裡我想說，是公司主管的關懷，是所有同事對我的鼓勵，是客戶的支持，讓我今天能站在這個領獎臺，

所以，今天頒給我的榮譽，是屬於大家的！在此，我要向所有曾經幫助、支持過我的主管、同事、客戶深深鞠上一躬，謝謝大家！（歸功）

對於去年的成績，我有三個非常深刻的感受：

第一，每一分私下的努力，都會獲得倍增的回報，並在公眾面前被表現出來。

第二，行動是成功之母，如果我們有好的想法，好的觀念不去行動，不去實施，都是空想。

第三，勇敢挑戰，只要我們具有明確的目標與超強的行動力，就沒有達不成的業績。（發表三點感言）

我相信，只要我們全力以赴，在新的一年，我們一定可以創造新的奇蹟。（願景）

最後，再次感謝大家的支持！（感謝）

透過這個獲獎感言公式，相信你在任何時間、任何地點需要發表感言，都可以快速整理好思緒。

圖 10-4 獲獎感言範本

獲獎感言小練習

> 假設你獲得了「優秀員工」或者「優秀管理層」稱號，模擬發表一次獲獎感言。

除了這種套路式的獲獎感言，還有其他靈活的思路。

某節目斬獲獎項時，某主持人作為製作人登臺領獎並發表獲獎感言。

她分享時，聲音上知性有力，內容上由「第一次」這個關鍵詞進行串聯，層層遞進、逐層深入。首先，該節目每期都有一個主題詞，她從第一次擔任製片人這個點展開，引申到節目中曾經一期的主題詞就是「第一次」；其次，每期都會邀請各領域嘉賓，她分享到「第一次」這個主題中邀請到的一位嘉賓——某青年圍棋手，透過他和 AlphaGo 的比賽來提煉出一種「人之所以為人的精神」；最後，由此點出節目的理念，彰顯了電視臺和媒體人的責任。

在某頒獎典禮上，某演員憑藉其扮演的劇中角色包攬了「觀眾最喜愛的男演員獎」、「最佳人氣男演員」兩項殊榮，短短不到三分鐘的獲獎感言更是好評如潮。

他的獲獎感言好在哪裡呢？我從條理清晰和論據充分兩個角度來為大家拆解分析一下。

第一，條理清晰。

鳳頭（開場）：以幽默的方式讓現場的聽眾會心一笑，「首先我感到非常意外，沒想到劇中的男女主角會以這樣的方式相會」。

龍身（正文）：結論先行，表明觀點。「說句心理話，我今天拿到這個獎，並不是因為演技有多麼好。我覺得是因為，我很幸運」。

接著分論點從三點進行展開闡述：

「我很幸運，我比更多人更早知道演員應該是怎麼樣的。」

「我很幸運，我比更多人更早知道了什麼樣的演員才是真正的演員。」

「還有就是，我有很多機會看到生活中一個真正的演員是什麼樣的。」

豹尾（結尾）：

總結 ——「所以今天這個獎盃到了我手裡，它並不是代表我到了多高的高度，而是代表了我剛剛上路」。

昇華 ——「這是一條創新之路，也是一條傳承之路。藝術是需要創新的，但是追求藝術、敬業精神是需要傳承的」。

第二，論據充分，為了論證觀點，不能只說道理，不擺事實。在這裡他巧妙列舉演藝圈三個明星的故事，一個分論點搭配一個故事，生動有力地論證了觀點。而且三位也在現場，不

僅讓當事人很感動，也看出他作為年輕演員謙遜的一面。

所以，他這篇獲獎感言在內容設計上做到了邏輯清晰、論據充分，態度上又謙卑有禮，感情上更是真摯。

獲獎感言注意事項

作為被褒獎的人，得體大方地發表獲獎感言，也是給主管留下好印象的機會。在做獲獎感言時，有四點注意事項。

◆ 1. 精簡不囉唆

獲獎者的語言表達一定要簡潔有力，如果囉哩囉嗦說一大堆廢話，現場聽眾會產生反感的情緒。要善於運用簡潔凝練的語言表情達意。言簡意賅的感言，常常會給聽眾心靈的感染和思想的啟迪。

◆ 2. 富有創意不落俗套

如果是在同一場合多人獲獎並發表獲獎感言，內容容易雷同「撞車」，這個時候聽眾聽起來會感覺缺乏新意。如果獲獎者盡說一些別人說過的老話和套話，聽眾也會感到厭煩。

因此，獲獎者只有別開生面，說出新意，才能給聽眾留下深刻的印象。

◆ 3. 態度謙虛不驕傲

在發表獲獎感言時，獲獎者應該秉承謙虛的態度，因為一個人的獲獎，往往凝聚著許多人的心血和汗水。話語盡量謙遜和真誠，不能靠故作姿態地一味言謝來展現，而是透過謙和的語態與平實的語言表達出來。前文那位演員的獲獎感言無論從內容還是呈現表達，都充滿謙虛的態度，而在他獲獎上臺前，他還專門和老戲骨擁抱，並自稱「受之有愧」。

◆ 4. 幽默有趣不死板

獲獎者發表獲獎感言，不用過分莊重和嚴肅，倘若適當來一點幽默，不僅可以活躍現場氣氛，而且能夠彰顯獲獎者的個性魅力。所以前文那位演員的獲獎感言在開場就來了一句「首先，我覺得非常意外，我沒想到劇中的男女主角會以這樣的方式相會」。話音剛落，現場的人都心領神會地發出了笑聲。

■開口成金：招商演講的方法技巧

幾年前，我參加了一場上萬人的大型活動，現場有很多企業負責人登臺宣講自己的企業和產品服務，據說每個人僅30 分鐘的演講時間，主辦單位對其收費就高達 50 萬元！

在聆聽過程中，有兩個對比令我印象深刻。有一位創始人分享完，我旁邊的一位老師突然問我：「他們公司到底是做什

麼的？」反之，另一位分享者的演講非常具有感染力，會後，我發現他們的企業展臺前很是熱門，很多人爭先恐後在諮商他們的業務。

這麼昂貴的 30 分鐘分享，本質就是一場重要的招商機會。有的人真正發揮出了演講就是生產力的作用，但是有的人卻沒能說清楚、講明白自己公司是做什麼的，這浪費的不僅是 50 萬元的行銷費用，還不能提升公司的影響力和美譽度，更有可能會讓現場的聽眾降低對這家企業的好感度。

現如今這個時代，招商演講是企業的一個全新行銷方式，按照一對一的模式談客戶，工作效率太低，耗時又耗力，而透過招商演講這種一對多批次式、效率高的方式，能快速實現價值的裂變。

招商演講邏輯框架

簡單來說，招商演講的邏輯框架一般包括以下六個步驟。

◆ 1. 市場機會

分析這個專案為什麼能賺錢。這一步要分享市場前景、產業現狀、產業痛點、當下企業或客戶遇到的問題，讓他們感受到危機，挖掘痛點。痛點越痛，痛的人數越多，你的專案就越有商業價值。

◆ **2. 市場量**

分析這個專案能賺多少錢，分析當下國家趨勢、當下社會需求。市場量有多大，要有詳實數據。

◆ **3. 市場生命力**

分析這個專案能賺多久，市場和產品生命力的情況如何，同樣也需要有詳實數據的說明。

◆ **4. 優勢展示**

為什麼是你們來做這件事，透過分析團隊、技術、產品、服務等優勢，分享如何解決痛點，讓潛在投資人或者加盟商產生和我們合作的需要。

◆ **5. 立出方案**

闡述完優勢後，要列出具體的合作方案和政策，提供現場合作的優勢和好處，讓投資人或者加盟商了解我們的回報，產生合作的欲望。

在這個環節有兩個注意事項。

要點總結，測試一下現場聽眾的意向

首先，對前面所講的重點再做一個提煉和總結，幫助潛在的加盟商再次回顧專案的價值優勢；其次，測試潛在的投資客戶，可以這樣說：「各位現場的朋友剛剛聽完我們的專

案介紹，覺得這個專案不錯有市場前景的，有意向跟我們合作的朋友請舉手來看看。」到了成交簽單環節的時候，重點需要跟進的是舉手的這部分人。

<u>方案呈現，放大價值</u>

方案呈現就是告訴大家，他要投多少錢，這些費用分別都包含什麼？而他享受的權益是什麼？他可以獲得多少投資報酬？可以實現一些什麼樣的價值？每一條權益在講解的時候，要做一個價值放大的動作，把價值塑造起來，因為沒有價值突顯的方案是沒有力量的。

◆ 6. 促成交

所有的核心都圍繞著「促成交」這個動作，有了前面五個環節成功鋪陳後，最後一步「促成交」是非常關鍵的，從理性角度來看，已經塑造了充分的成交理由，但是從感性角度來看，成交時機應該選擇在現場聽眾渴望馬上行動的時候。

有的招商現場還會採用「上臺成交法」，現場可以這樣說：

你們覺得我們今天的專案是不是非常棒呢？你們現在對我們公司的實力是不是充滿信心呢？你們現在是不是就願意為實現自己心中的創業夢想而馬上行動呢？那就迅速起立，請起立的朋友馬上上臺、立刻行動！

招商演講的成交祕訣

◆ 1. 數據 —— 要詳實，要生動

2017 年，一位科技公司 CEO 來到底特律進行演講，本來只準備賣 1,000 張門票，結果熱門到 3,000 人入場聆聽。

該為 CEO 在這場演講中亮點頗多，其中就引用了大量具體詳實的數據。

首先，做生意從來都不容易，不要和我說現在這個時代做生意很困難，做生意從來都不輕鬆。過去的 20 年，靠腳走出貿易，現在，貿易轉變為網路交易。去年光棍節（11 月 11 日），僅一天我們創造了 178 億美元的銷量。幾天前的 618 活動，我們在 10 分鐘以內出售了 200 萬支口紅，在 5 分鐘內銷售了 200 噸奶粉。人們開始網路購物，正如我所說的，每天約 2 億人在手機上消費。僅我們公司每天就需要派送 6,000 萬個包裹，可以預測到在接下來的 10 年裡，物流公司每天至少需要派送數 10 億的包裹……

此外，透過數據的生動對比來突顯優勢。

1,000 年前，馬可波羅花了 8 年時間從歐洲去中國，又花了 8 年時間返回。如今，8 秒鐘你們就可以去中國數億次。馬可波羅去中國的時候，路途凶險，而如今這些困難都不存在。

同樣作為發布會演講高手的賈伯斯，在數據運用上也是一位高手。

2001 年 10 月 23 日，蘋果公司發布全新產品 iPod，其最大的賣點是 5GB 儲存空間，但是，5GB 這個數字對於聽眾來說沒有什麼感覺，賈伯斯更進一步從消費者的角度出發，5GB 對於消費者意味著可以裝 1,000 首歌，於是，一句全世界流行的廣告語就這樣誕生了：把 1,000 首歌裝進口袋。就像現在有的房地產廣告為了說明房地產位置好，會這樣說：「你和家的距離，僅僅只是一首歌的時間。」化冷冰冰、抽象的數字為可感知的數字。

◈ 2. 故事 —— 有溫度，有共鳴

在第四章中，我們詳細分享了故事的作用和講故事的方法。在招商演講中，很多創始人或發言人，容易陷入只是冷冰冰的介紹專案，我們可以從感性的角度去講有溫度的故事，從而引發聽眾的共鳴。在招商演講中故事的類型可以有很多，包括企業的品牌故事、創始人的創業故事、員工故事、產品故事等。我們來舉一個產品故事的例子。

曾經有一款杯子，問世後就成了熱銷款，銷售突破 50 億元，這款產品是一款 55 度保溫杯。它的發明者每次在介紹這款杯子時都會分享背後一個很感人的故事。

當年我的小女兒不到 2 歲，個頭還沒有桌子高，有一天她說口渴了，我的父親就倒了一杯剛燒開的水，父親還特意把水放到桌子中間，怕孩子碰到。沒想到那個水杯有一條繩

子，女兒急著要喝水，一拉那條繩子，那個熱水一下子潑到了她半張臉上和胸口上，我當時一下子就慌了，抓住女兒的手，因為怕女兒摳燙傷處，並馬上把女兒送到兒童醫院，抱著女兒去醫院的路上我都是流著淚的。女兒燙傷得太嚴重了，需要住院 15 天，當時女兒一直撕心裂肺地叫著爸爸媽媽，那個痛就在我內心中積壓下來。

亞洲人很喜歡喝熱水、熱湯，但是幾千年來，我們只有兩種杯子，一種是喝水杯，一種是保溫杯，其實我當時看到了太多太多的孩子在病房裡，各種被燙傷的樣子。想到天下很多孩子可能也在受這種苦，我就跟同事們說想做一款杯子，從父母手裡，從爺爺奶奶手裡，不管倒多少度的水，搖晃 10 下，就是可以給孩子們喝的甚至是 55 度很爽口溫度的水。

然後，我用了三個月的時間做出來這款杯子，55 度杯，100 度的水用這款杯子搖 10 下，或者是放 1 分鐘，就是適宜入口的 55 度的水。真的希望我的女兒不再受到這樣的傷害，天下的孩子不再被熱水燙。

這個故事很打動人，作為父母，更容易從內心引發共鳴，因為契合到了他們的需求。在這個故事中，他從安全角度出發，發現了三個痛點：安全、健康、便捷。因為一個好的專案就是要能夠解決痛點，55 度杯解決的就是人們日常

喝熱水存在的安全隱患和不便的情況。所以，從講故事的角度，能有溫度地傳遞和塑造產品的價值。

同樣，科技公司 CEO 在底特律的這場演講中，也做到了挖痛點和給癢點。

在做了大量的市場前景分析後，CEO 在最後說：

所以把握住這次機會，我相信多數小企業將會全球化，如果沒有進行全球化，小企業將沒有存活的機會，我不是在恐嚇你們。你們不得不和外界做生意，因為你們小型，所以你們特殊，很難在當地進行競爭，而如果利用網際網路，你們就可以在世界競爭。（挖痛點）

所以把握住機會，我們的集團就是希望為你們提供這個平臺，幫助你們找到潛在客戶、合作夥伴、解決收付款問題和物流。但這並不意味著你們一定要利用我們的集團達到自己的目標，這不是必需的，用任何一個網際網路服務功能，任何一個電商都可以幫助你們銷售商品。但是我相信我們做得更好。（給癢點）

◆ 3. 見證 —— 要典型，要權威

招商演講中，為了提高投資人、加盟商或消費者的信賴度，我們需要做權威背書。自己說一萬句好，不如第三者來替你美言一句，因為自己講產品好，多少有點「老王賣瓜自賣自誇」之嫌。那麼，我們可以怎麼藉助第三方？

可以透過專家、名人或者知名的權威機構、獲得的榮譽、國家發明專利證書來增加信任背書，比如我們經常看到一些明星站臺某個產品發布會現場，這都是增強產品權威性的舉措。

也可以透過公開一些銷售數據或者火熱的銷售現場圖片、影片。比如小米創辦人在做產品發布會開場時是這樣說的：

演講前，我們可以看一下小米之前的一些數據：自 2011 年 8 月 16 日起，三年來共發布五款手機，款款熱銷！安卓手機活躍度前十名，小米占一半。2014 上半年手機售出 2,611 萬臺，含稅銷售額 330 億元。

這幾個數據直觀表明了小米手機賣得火熱這個觀點。非常具有震撼力和說服力。

還可以公開使用產品或服務前後對比照片，這種對比尤其在醫美產業最為突出，減肥前和減肥後，祛斑前和祛斑後，一圖勝千言。

還可以客戶見證做背書，在講解自己專案的時候，讓客戶來做見證人，比如很知名的一些企業、很有影響力的一些合作夥伴，可以把這些羅列出來，甚至把人請到現場替你見證。

最後有兩點要特別提醒：

第一，要注重 PPT 的製作品質。把閱讀型 PPT 改成演說型 PPT，PPT 上不能堆滿文字，而是用提煉的重點文字、直觀的圖表、高畫質大圖、精準數據等展示。

第二，要注重 PPT 的結構邏輯。我曾經幫一位招商型公司的企業老闆修改過 PPT，當時他說用自己現在的 PPT 做演講，感覺天馬行空，客戶聽了不知所云，導致招商業績低迷。於是我花費一個星期的時間進行了優化修改，後來的招商演講成交率得到顯著提高。

後記

　　寫一本書的過程，就像懷胎十月，書籍出版的這一天，就像是孩子呱呱墜地來到人世間。這本書可以說是凝結了我多年演講實戰的精華。我曾經在選擇培訓細分領域時，也經歷了迷茫的階段，當時有幸遇到一位老師為我指點迷津，他說你從這三點去選擇培訓領域：第一，是否感興趣；第二，是否擅長；第三，是否有市場。經過逐一分析，我果斷選擇了演講培訓。

　　從做培訓的第一天起，我就十分厭惡成功學強行灌輸熱情的方式。在市場上，有些演講課就被打上了這樣的標籤，認為只有站在桌子上、凳子上才能克服演講恐懼，才能學好演講，那種瘋癲的感覺著實讓人哭笑不得，他們只會讓你在這樣一個熱情的場域裡高喊著「加油，很好，很棒的」或者「我能行，我可以」，再伴以激昂的音樂，讓你當下的那一瞬間似乎真的覺得自己就是「超級演說家」，但實際情況卻是，當你回到真實的生活和工作場景中，問題依然存在。這種培訓的危害，從小處說，浪費了時間和金錢，從大處說，一方面，誤導學員認為這就是真正有效的演講技巧，從而一直重複錯誤的方式；另一方面，會讓真正有演說問題的人，

後記

透過一次無效培訓後，質疑自己沒有「演說天賦」，從此放棄了提高這方面能力的念頭。

所以，無論是之前在企業做培訓管理，還是後來從事演講事業的創業，我一直秉承一個態度：以結果為導向，做有效的培訓。我的個人介紹裡有一句：實戰商務演講教練，「實戰」二字是我所追求的，這也許和我的星座有關，我是金牛座，金牛座的人喜歡務實，不喜歡務虛，這麼多年來，在這個領域，我始終努力為每一位學員分享實實在在的演講方法，為學員們建立各種實戰演練平臺。當我看到每一位學員獲得改變，這種成就感會讓我的生命變得更加豐盈。

我希望這本書，帶給你的不僅是方法，更是勇氣和力量；希望每個人都能向前一步勇敢說，因為人生最大的遺憾不是做不到，而是我本可以；希望你站在璀璨的舞臺上，綻放出自己耀眼的光芒！

在本書的寫作過程中，我還得到了來自各方老師、朋友的支持和幫助，他們分別是：秋葉大叔、劉峰總編、潘孝莉老師、李海峰老師、王琳老師、王寺昆老師、金星老師、於夢嬌老師、鵝妹子老師、小鬍子老師陳練、趙冰老師、宋宋Gloria 老師、曹舒柳女士、張雨薇女士、黃皓宇女士、陳欣女士、李超群先生。還有「勇敢說」所有可愛上進的學員們，以及我親愛的家人。

最後，謝謝這麼優秀的你還願意閱讀我的書，如果這本書對你有幫助，也歡迎分享給身邊有需要的朋友。

電子書購買

爽讀 APP

國家圖書館出版品預行編目資料

聲勢！運用邏輯和即興力，令你的演說無人能敵：
戰勝演講中的挑戰，從緊張到掌控，成為每個場
合的高手 / 湯金燕 著 . -- 第一版 . -- 臺北市：樂
律文化事業有限公司 , 2024.06
面； 公分
POD 版
ISBN 978-626-98687-7-3(平裝)
1.CST: 演說術
811.9   113007804

聲勢！運用邏輯和即興力，令你的演說無人能敵：戰勝演講中的挑戰，從緊張到掌控，成為每個場合的高手

臉書

作　　　者：湯金燕
責任編輯：高惠娟
發 行 人：黃振庭
出 版 者：樂律文化事業有限公司
發 行 者：崧博出版事業有限公司
E - m a i l：sonbookservice@gmail.com
粉 絲 頁：https://www.facebook.com/sonbookss/
網　　　址：https://sonbook.net/
地　　　址：台北市中正區重慶南路一段 61 號 8 樓
8F., No.61, Sec. 1, Chongqing S. Rd., Zhongzheng Dist., Taipei City 100, Taiwan
電　　　話：(02) 2370-3310　　傳　　真：(02) 2388-1990
律師顧問：廣華律師事務所 張珮琦律師
定　　　價： 399 元
發行日期： 2024 年 06 月第一版
◎本書以 POD 印製
Design Assets from Freepik.com